Ellie Engel
Amors Pfeile und andere Spitzen

Frauenroman

Ellie Engel

Amors Pfeile und andere Spitzen

Frauenroman

1. Auflage

ISBN: 978-3-837066-36-4

Lektorat: M&M-Lektorat

Umschlaggestaltung: Kai Lucko

Coverbild: © panthermedia

Herstellung und Verlag: BoD – Books on Demand, Norderstedt

Bibliografische Information der Deutschen Nationalbibliothek: Die Deutsche Nationalbibliothek verzeichnet diese Publikation in der Deutschen Nationalbibliografie; detaillierte bibliografische Daten sind im Internet über dnb.dnb.de abrufbar.

Prolog

Es gibt nun mal Dreckskerle unter dem männlichen Geschlecht. Klingt hart, ist aber so! Und wenn du einem davon auf den Leim gegangen bist, das ist wahrlich 'ne doofe und schmerzhafte Sache. Aber kein Grund, sich die Augen auszuheulen, sich vollzufressen oder von der Brücke springen zu wollen. No Way! Ich kann mir gut vorstellen, dass du jetzt in deinem Selbstmitleid Literatur suchst, die dich in deinem Schmerz baden lässt und dich (tolle Frau) mit durchnässten Rotztüchern zu Grabe trägt. Dann kann ich dich nur bedauern und dir sagen: „Du hast dich vergriffen." Ja, die Hoffnung kann ich dir schon gleich auf der ersten Seite nehmen. Du wirst keinen Roman in deinen Händen halten, der dich in deinem Tief unterstützt und mit Ratschlägen zur Seite steht, den Kerl wiederzubekommen. Wenn du so was brauchst, dann lege dieses Buch besser wieder dorthin zurück, von wo du es genommen hast. Denn auf den folgenden Seiten werde ich dir die Augen öffnen und dir klarmachen, dass alles nur halb so schlimm ist, wenn der Trumpf Plan B ist.
Oscar Wilde sagte einmal:

> *„Die Frau ist kein Genie, sie ist dekorativer Art. Sie hat nie etwas zu sagen, aber sie sagt es so hübsch!"*

Na gut. Wenn das so ist, verpacke ich, was ich nicht zu sagen habe, einmal hübsch in Stacheldraht und hoffe für dich, liebe Gehörnte, dass ich dir den Weg zum Therapeuten ersparen kann. Denn der ist vielleicht auch nur ein verheirateter Mann, der sich mit einer anderen Jüngeren aus dem Staube machen will oder einfach nur amüsiert.

Soll'n sie sich doch alle zum Teufel scheren. Atme tief ein und sage dir: Mein Leben begann mit unserer Trennung. Aber deines, du Mistkerl, wird so sehr stechen und piksen – als würdest du buchstäblich in den Scherben der verlogenen Ehe liegen ...

Wie jeden Tag nach dem Aufstehen

Es begann alles an einem Dienstag. Anfänglich ein Tag wie jeder andere. Ich deckte schnell den Frühstückstisch, schenkte meinem Mann, der sich wie immer hinter der Tageszeitung versteckte, seinen Kaffee ein und informierte ihn über den Tagesablauf. Wie immer bekam ich von ihm grunzende Kommentare wie: „Ja gut, aha und ein Hmm!" Normalerweise hätte ich das alles so hingenommen, weil es einfach zu meinem Alltag gehörte. Aber heute drehte ich mich zu ihm um und betrachtete ihn mit einem stechenden Blick. Dabei fiel mir auf, dass ich nicht einmal mehr wusste, ob ich ihn die letzten Tage anders gesehen hatte als hinter seinen Nachrichten. Als ich so in mich ging und darüber grübelte, wie sein Gesicht wohl ohne Zeitungsartikel davor aussieht, wurde mir erschreckend klar, dass ich seit Wochen mit einer Zeitung Schlagabtausch führte.

Jetzt fragte ich mich, ob ich auch dieselben knappen Antworten bekommen würde, wenn ich ihm einen kleinen Ausschnitt aus einem der Berichte vorlesen würde? Ungern wollte ich diesen Gedanken weiter ausschmücken, aber als ich nur seine Hände und seinen lichter gewordenen Haaransatz sah, sagte mir etwas: Ein Versuch, einen Artikel einfach vorzulesen, um zu sehen, was passiert, wäre durchaus mal angebracht ...
Diese Idee verwarf ich aber schnell. Dafür kam mir wieder mal der keimende Gedanke: Was war nur aus unserer Ehe geworden? Klar war nach zwanzigjähriger Ehe im Bett die Luft raus. Zur Schlafenszeit drehte sich jeder nach einem flüchtigen Kuss auf seine Seite und wollte seine Ruhe haben. Da war schon Jahre keine Lei-

denschaft mehr vorhanden, die uns gierig übereinander herfallen lassen wollte. Nein, unsere Leidenschaft war verpufft wie ein Furz im Wind! Ja genau, unsere feurige Besessenheit hatte sich irgendwann im Laufe der Ehe in Luft aufgelöst und wurde durch Arbeit, Kinder und viel Alltägliches ersetzt.

Ich warf einen letzten Blick zu der Zeitung und dachte, dass die lichter gewordene Stirn auch sein Penis hätte sein können, denn beides habe ich ewig nicht mehr gesehen!

Was soll's! Geschichten über langjährige Ehen kreisen im ganzen Bekanntenkreis umher. Und immer wieder kommt man zum Fazit: Irgendwie wird er mich schon noch lieben, sonst wäre er nicht mehr da. So wird's auch sein. Ich fing an, mich an diesem ‚irgendwie' festzuklammern und zitierte heimlich Oscar Wilde:

„Es ist wichtiger, dass sich jemand über eine Rosenblüte freut, als dass er ihre Wurzel unter das Mikroskop bringt."

Diese Weisheit wollte ich mir für diesen Tag zum Tagestext machen und zu meinem immerwährenden ehelichen Grundsatz.

Kopfschüttelnd zog ich meine Gummistiefel an und ging in den Kräutergarten. Die Kinder liebten frischen Kräuterquark zum Frühstück, also sollten sie ihn auch bekommen.

Während ich meine Kräuter pflückte, hörte ich unsere Kinder im Haus lauthals streiten. Abermals schüttelte ich den Kopf und ging mit einer Handvoll gemischtem Grünzeug wieder zurück in die Küche.

„Was ist denn nun schon wieder los", brüllte ich nach oben.

„Mama, Jolanthe, 'ne ...", Moritz brach mitten im Satz ab. Ganz leise hörte ich, wie Jolanthe ihm drohte.

„Wwas?", hakte ich nach.

„Ach nix. Alles gut", antwortete meine Tochter für ihren Bruder. Ich kannte Jolanthe zu gut. Irgendetwas hatte sie wieder ausgefressen, was Moritz petzen wollte. Aber wollte ich das wissen? Nein, Mädchen in ihrem Alter hatten nun mal Geheimnisse. Und die sollte sie auch ruhig haben. Dennoch horchte ich auf. Denn abrupt herrschte eine nachsichtsvolle Stille in der oberen Etage. Es war eine merkwürdige Ruhe, die mich befürchten ließ, dass Moritz gefesselt und geknebelt im Wandschrank hockte.

„Los, kommt runter. Ihr müsst in zehn Minuten zum Bus", rief ich nach oben, in der Hoffnung, ein Lebenszeichen von Moritz zu kriegen.

„Ja doch", meinte Jolanthe genervt und stolzierte die Treppe runter. „Ich wollte nur noch mal meine Base abchecken."

„Eher in der Base was verstecken!", stachelte Moritz seine Schwester erneut auf und stürzte auf der Treppe gerade noch rechtzeitig an ihr vorbei, sonst hätte er eine Schelle abgekriegt.

Mit einem breiten Grinsen im Gesicht ignorierte er den warnenden Blick seiner Schwester und flegelte sich auf seinen Stuhl.

„Ich find dich so was von zum Kotzen", schimpfte sie.

12

Moritz zuckte gleichgültig mit den Schultern und meinte trocken: „Ja, Pech gehabt! 'Ne Familie kann man sich eben nicht aussuchen!"

Mit einem Stoßgebet gen Himmel freute ich mich, dass es ein ganz normaler Dienstagmorgen war. Ich konnte nichts Ungewöhnliches an den Kindern feststellen. Gott sei Dank bissen sie sich wie immer mit lautem Gezeter an Kleinigkeiten fest und wollten sich gegenseitig die Augen auskratzen. Auch an meinem Ehemann war nichts anders als sonst. Er sah glücklicherweise immer noch wie ein Viertel seines Geschlechtsteils aus, das hinter seiner Tageszeitung hervorstach.

Ich machte dicke Pustebacken, schenkte mir ebenfalls einen Kaffee ein und guckte von einem zum anderen. Mit einem Ich-habe-alle-Zeit-der-Welt-Blick schaute Jolanthe auf die Küchenuhr und im Nu herrschte plötzlich Aufbruchsstimmung.

„Scheiße, wieso ist's schon so spät?" Eilig packte sie ihre Schultasche und stupste ihren Bruder an.

„Komm, Penner, wir müssen."

Das war auch das Stichwort für meinen Mann, schnell sein Gesicht zusammenzufalten, nervös über seine blanke Eichel zu kratzen, und wie die Kinder, mir einen flüchtigen Kuss auf die Wange zu hauchen, mich noch mal freundlich in diese zu kneifen und aus dem Haus zu verschwinden.

Nun war das tägliche Ritual vorbei und ich allein.

Seufzend legte ich meine gestiefelten Füße auf den Stuhl, schlürfte behaglich meinen Kaffee und blätterte nebenbei im Gesicht meines Mannes. *Ruhe war doch was Herrliches,* dachte ich und genoss es, mal fünf Minuten für mich zu haben.

Es liegt was in der Luft

Wenige Augenblicke später widmete ich mich dann auch schon meinem Haushalt.

Ich rannte von oben nach unten. Und wieder von unten nach oben. Ich wischte, saugte, fegte, räumte von einer Ecke in die andere. Ich streckte, bückte, rollte mich, bis ich dann endlich keuchend im Schlafzimmer zum Bettenmachen ankam. Erschöpft warf ich mich zuerst in die zerwühlten Kissen und wäre am liebsten bis zum Abend gleich liegen geblieben.

Mit geschlossenen Augen strich ich über das glatte Bettlaken und freute mich darüber, dass ich mich im einzigen Zimmer befand, das immer ordentlich ist. Plötzlich stießen meine Fingerspitzen gegen einen Gegenstand. Gleichgültig drehte ich mich auf die Seite und holte unter dem Kopfkissen meines Ehemannes ein Buch hervor.

Seit wann liest der Bücher?, fragte ich mich irritiert und begutachtete das gute Stück. Ich traute meinen Augen nicht, als ich den Titel ‚Anleitung zum Ehebruch' las.

Mein nächster Gedanke war dann: *Was liest der denn für komische Bücher, der muss es ja nötig haben.* Zunächst wollte ich das Werk wieder unter sein Kopfkissen schieben und so tun, als hätte ich es nicht entdeckt. Doch der Titel hatte unweigerlich meine weiblichen Instinkte geweckt. Fassungslos las ich mir den Klappentext durch und stellte fest, dass die frischgebackene Buchautorin, die unter anderem Kolumnistin eines Männermagazins war, ihren männlichen Lesern eine gehörige Gehirnwäsche verpasste. Sie forderte die Männer tatsächlich Seite für Seite auf, ihre Midlife-Crisis mit einer Affäre zu versüßen.

Spinnt die denn, dachte ich. Der Mythos, dass Männer ab vierzig attraktiver auf junge Frauen wirken, herrscht bereits weltweit. Seitdem haben die keine Angst vor dem Älterwerden, sondern eher Befürchtungen nicht mithalten zu können. Mit ihren Falten um die Augen, grauen Schläfen und einer abgesicherten Lebenserfahrung scheinen sie magnetisch zu sein. Aber sollte man das denen auch noch unter die Nase reiben?

Hat die blöde Kuh auch mal eine Sekunde lang an uns Frauen gedacht? Wir haben mit dem Älterwerden so unsere Problemchen. Aber das mit einer Liebschaft auszugleichen, stelle ich mir gerade schwierig vor.

Wechseljahrbedingte Schweißausbrüche, Depressionen und Minirock passten natürlich wie die Faust aufs Auge.

Ich betrachtete ihr Foto und war schnell der Meinung, dass diesem kindlichen Antlitz noch jegliche Lebenserfahrung fehlte. Die soll erst einmal in die reifen Jahre einer Frau kommen, dann wird sie ihr erstes Buch wohl in die Tonne werfen und über die Wechselbeschwerden einer Frau schreiben oder noch besser: Wie ich durch meine eigenen Ideen meinen Ehemann verlor. Ich grinste böse und beschloss, diese Autorin zu verabscheuen. Achtlos pfefferte ich die Worte des Kindes auf den Fußboden und schüttelte die Betten auf.

Doch leider ärgerte ich mich so sehr über diese Anleitung, dass ich echt Schwierigkeiten hatte, mich auf das Bettenmachen zu konzentrieren. Ich warf die Bettutensilien grob von A nach B, klopfte sie platt wie 'ne Flunder, zupfte hier und da einen Zipfel zurecht und begutachtete kritisch das aufgeräumte Bett. Mein 7. Sinn schien mich auszulachen und zu sagen: „Gib dir mal keine Mühe. Es ist nur augenscheinlich aufgeräumt!" Ich wurde fahrig und fing an zu schwitzen. Pustend wischte ich mir mit dem Handrücken über die Stirn, als wollte ich den Hinweis meines 7. Sinnes verscheuchen.

„Überleg doch mal", hörte ich den Sinn drängen. „Warum hat er das Buch nicht wie sonst auf seinem Nachttisch liegen? Er will doch damit was verbergen, oder was meinst du? Ich will ja jetzt nichts in den Raum werfen, aber vielleicht plant er einen Seitensprung."

Damit waren meine Zweifel geweckt. Insgeheim verfluchte ich meine Gabe der hellseherischen Fähigkeiten. Sollte er wirklich? Plant er, hat er? Was will er, was sucht er?

Mein Blick haftete starr auf dem gemachten Bett. Die weiße Bettwäsche mit einem zarten Rosendruck wirkte gerade viel zu jungfräulich. Zu sauber, zu rein. Die Oberflächlichkeit schrie mir geradezu ins Gesicht.

„Wach auf, Dornröschen. Wach auf. Du legst dich jeden Abend aufs Neue in eine große gemütliche Lüge."

Daraufhin grunzte ich ein belegtes „Hmm" und hörte auf meinen angriffslustigen 7. Sinn.

Extrem angepisst nahm ich die akkurat liegenden Kissen wieder in die Hände und schüttelte diese so sehr, als wollte ich der jungen Autorin das Genick brechen.

Mir war sofort klar, dass sie mit diesem Buch Aufsehen erregen würde. Und den armen, ach so deprimierten Ehemännern den letzten Verstand, den sie noch tief in sich verborgen hielten, mit nett eingerichteten Lesungen aus dem Hirn saugte. Ich entwickelte jetzt ein patriarchisches Gefühl für alle Frauen! Für alle. Auch

Schwule sollten wissen, wer ihren Liebsten einen Weg aufzeigte zum Fremdgehen.

Vor meinem geistigen Auge sah ich schon die Auswirkungen. In jedem dritten, vierten oder fünften Haus scheiterten Ehen, indem völlig nihilistische Frauen (auch mit Eiern zwischen den Beinen) mit Selbstmordgedanken zurückblieben. Meine Alarmglocken läuteten. Mit diesem Läuten wurde meine Grundlage zur feministischen Praxis geboren. Ich bekam den Blick einer Teufelin. Ich spürte regelrecht, wie meine Augen rot aufleuchteten. Mit dem Hintergedanken, dass sich mein Mann ihre Vorschläge längst schon zu eigen machte, suchten meine Augen nach diesem bescheuerten Exemplar, das ich achtlos auf den Fußboden geworfen hatte.

Was nun Engel oder Teufelin?

Plötzlich zwitscherte mir das gute Gewissen dazwischen und die selbstbewusste Teufelin kam ins Wanken. Ich haute mir vor die Stirn und flüsterte: „Quatsch. Was soll das denn. Nach über zwanzig Jahren wirst du doch nicht misstrauisch werden, oder?"

„Was erzählst du? Misstrauisch bist du doch schon lange", antwortete die Teufelin. „Und ehrlich gesagt, schau dich doch mal an. Du hast dich gehen lassen, Leotine."

„Nein, du hast dich nicht gehen lassen. Du bist genauso, wie eine Hausfrau und Mutter nun eben ist", flüsterte das gute Gewissen.

Die Teufelin schnalzte mit der Zunge. Kopfschüttelnd zeigte sie mit dem Finger auf mich. „Wie hat denn eine Hausfrau und Mutter deiner Meinung nach auszusehen? So wie die? Ein Touch Verruchtes kann Signale setzen und tote Schlangen zum Leben erwecken. Ich bin für ein nuttiges Klischee. Rollenspiele finde ich zum Beispiel überaus heiß." Die Teufelin leckte sich ihren Finger und hielt diesen an ihren Schenkel. Sofort zischte und qualmte die Stelle, an die sie ihren Finger hielt.

„Nein, nein. Für Sex muss man sich nicht gleich anziehen wie 'ne Nutte", regte sich das gute Gewissen auf.

„Nee, für eingeschlafenen Blümchensex braucht man so was nicht. Das stimmt! Und für überhaupt keinen Sex kleidet man sich wie die. Da vergeht ohnehin jedem die Lust auf 'ne geile Nummer."

Die Teufelin schickte mir abschätzende Blicke. „Nein wirklich, du bist alles andere als eine scharfe Braut, mit der ‚Mann' mal schnell Knickknack will."

Nachdenklich kaute ich auf meinen Nägeln und sah an mir hinab.

Seufzend schuppte mich die Teufelin durch das Schlafzimmer und parkte mich mit einem hämischen Grinsen vor dem großen Spiegel. Mit einem Blitzen in ihren Augen sagte sie: „Schau doch selbst. Geil ist was anderes, oder?"
Erschrocken stellte ich fest, dass sie recht hatte. Ich erkannte die Frau im Spiegel zuerst gar nicht und blickte irritiert hinter mich. Doch ich war allein im Raum. Na ja, nicht ganz. Ich befand mich ja in der Gesellschaft meiner guten und bösen Gedanken. Ich musterte die Frau im Spiegel und kam zu dem Fazit, dass mich eine Außerirdische anglotzte. Tatsächlich sah ich eine Schlafanzug tragende Breitarschfrau in gelben Gummistiefeln. Zerzauste Haare, blass, verschwitzt und alles andere als ein Hingucker. Na ja, wie sollte ich auch anders den Haushalt machen? Na gut, vielleicht nicht gerade in gelben Gummistiefeln, aber mich für meine Schmutzwäsche aufzuhübschen, fand ich äußerst überspitzt. Kritisch beäugte ich mich von oben bis unten. Also mir war es wirklich egal. Ich ging ja so nicht auf die Straße. Vielleicht nur kurz ... mal so zum Brötchenholen oder zum Tanken, aber sonst werfe ich mich schon in eine Jeans, die noch passt.
Seufzend musste ich zugeben, dass die Teufelin recht hatte. Ich spitzte meine Lippen und schielte mich von der Seite an. So schlimm fand ich das jetzt nicht. Trotzdem konnte ich nur bestätigen, dass ich zu diesem Typ Frau gehöre, der gerne mal übersehen wird.
„Siehst du, was ich meine, Leotine?", drang die Teufelin durch. „Du siehst aus wie Bob der Baumeister und nicht wie ein gestiefeltes spitzes Kätzchen, das etwas Milch schlabbern möchte."

„Ach hör doch auf, ihr irgendwelche Flausen in den Kopf zu setzen", schimpfte das gute Gewissen und verschränkte die Arme über Kreuz. „Natürlichkeit zählt."

Ich nickte bestätigend und wollte die Teufelin aus meinem Kopf kicken. Doch dann machte sie mich auf etwas aufmerksam, was ich nicht so einfach verwerfen konnte.

„Leotine. Du bist eine Frau, die schon lange keinen Sex mehr hatte. Dein Kerl ignoriert dich seit Jahren, er liest Bücher, die Tipps geben, mit anderen Frauen seine Hemmungslosigkeit auszuleben. Ich würde sagen, Schätzchen, du hast ausgedient, weil er deine ...", mit einem giftigen Blick zum guten Gewissen betonte sie den Rest des Satzes, „... natürlichen Gummistiefel einfach zum Kotzen findet!"

Na prima, dachte ich. *Mein Mann behandelte mich wie Luft, weil er meine gelben Gummistiefel nicht sexy genug fand? Wie dramatisch.*

Ich warf noch einmal einen letzten abschätzenden Blick auf mein Spiegelbild und flüsterte: „Was meinst du, Leotine, willst du der Sache mal auf den Grund gehen?"

„Klaro", tönte die Teufelin laut. „Er ist ein Wichser. Ein Arsch mit Eiern. Er steckt schon ewig lange sein Ding woanders rein. Du musst nur endlich mal deine Augen aufmachen."

Wieder schaltete sich das gute Gewissen dazwischen. „Nein, nein, nein. Auch in der Ehe gibt es eine Privatsphäre. Schnüffeln bedeutet Misstrauen."

„Ja, und genau das habe ich. Mein Misstrauen ist hellwach und reagiert auf komische Bücher unter dem Kopfkissen meines Mannes", sagte ich und drehte mich entschlossen ins Zimmer.

Zielstrebig fing ich an, Indizien für eine Affäre zu suchen. Mit einem eigenartigen Gefühl im Bauch öffnete ich seine Nachtkonsole und wusste nicht einmal genau, nach was ich suchte! In seinen Schubladen fand ich nichts Weltbewegendes. Hustentropfen, Taschentücher, Kugelschreiber. Selbst ein ausgekautes Kaugummi klebte besitzergreifend in der Innenseite der Lade. Schulterzuckend schob ich sie wieder zu. Hier bin ich nicht viel weitergekommen. In der Schublade war Übliches abgelegt, eben all das, was einen auf dem Nachttisch störte. Ich kratzte mich an der Kopfhaut und stützte unschlüssig meine Hände in die Hüften. Langsam drehte ich mich in jede Richtung des Zimmers. Ich musste jetzt strategisch denken und mich in meinen Mann hineinversetzen. Wo würde er etwas verstecken wollen? Oder noch viel besser, was hat er vor lauter Heimlichtuerei vergessen, das mich meinem Verdacht ein Stück näher bringt.

So doof konnte ich gerade nicht denken, wie ich ihn gerne überführen wollte. Nun doch in meiner Detektivarbeit etwas gebremst, stand ich vor seinem Kleiderschrank und fragte mich ernsthaft, ob ich tatsächlich diesem tosenden Misstrauen weiter nachgehen sollte, indem ich zu guter Letzt seine Taschen durchsuchte? Ich machte dicke Backen und zögerte.

Bisher wurde ein uneingeschränktes Vertrauen zwischen uns immer geschätzt. Niemals wurde etwas hinterfragt oder infrage gestellt.

„Genau, du dummes Ding", aus dem Nichts stand die Teufelin wieder da und redete Klartext. „Es wurde nur für lieb und teuer gehalten, damit man den anderen hinter das Licht führen konnte."

Plötzlich kicherte dieser weibliche Satansbraten.

„Du bist so bescheuert, Leotine", sagte sie streng und verbot dem guten Gewissen, sich weiter einzumischen. „Du machst dir wieder nur was vor", säuselte sie etwas nachgiebiger. „Wie viele Jahre ignoriert er dich schon? Wie oft hast du um diese Ehe in die Kissen geweint, als er sich kalt auf die andere Seite drehte. Wenn du ihn angesprochen hast, warum er die Ehe nicht mehr vollzieht, hat er dich für bekloppt erklärt. Angeschrien hat er dich sogar. Und gesagt, dass Sex nicht alles ist. Du hast nur aufgegeben und alles so hingenommen. Vertrauen hast du schon lange nicht mehr."

Die Teufelin hatte recht.

Das Resümee war tatsächlich, für ein vorbehaltloses Vertrauen stellte ich mir für einen Dienstagmittag einfach zu viele Fragen. Scheiß drauf. Egal was war, was sein könnte und was ist, ich wollte Klarheit. Entschlossen warf ich jeden einzelnen Anzug aus dem Kleiderschrank auf das Bett und griff in jede noch so kleinste Tasche. Zum Vorschein kamen diverse Quittungen von verschiedenen Einkaufsmärkten, Bonbonpapier, ein Kugelschreiber und seine eigenen Visitenkarten. Aber kein Hinweis auf eine andere Frau. Das war also das Abenteuer Affäre. Nicht ganz zufrieden über den Ausgang meines Kontrollzwangs überlegte ich, wo ich noch suchen könnte.

Anstatt mich zu freuen und alles auf sich beruhen zu lassen, war ich von meiner ganzen Mission maßlos enttäuscht. Jede andere Frau würde jetzt Luftsprünge machen und mit einem übermannten schlechten Gewissen überlegen, was sie ihrem Ehemann Leckeres zu essen kochen könnte. Ich nicht. Ich wollte jetzt unbedingt etwas finden, auch wenn es wehtun würde.

Vielleicht, weil ich mich wirklich schon zu lange mit der Frage quälte, warum wir keinen Sex mehr haben. Nicht einmal anfassen darf ich sein Ding. Wenn ich mal den Versuch starte, ihm etwas näher zu kommen, ziert er sich wie ein Mädchen. Zur Entschuldigung meint er, dass sein Pillermann auch kaputt gehen könnte. Hä? Was war das für ein Scheiß? Zu gut konnte ich mich noch an andere Zeiten erinnern, als alle Salben der Welt den Wundbrand zwischen meinen Beinen nicht heilen wollten.

Und jetzt, als Mittvierziger überhaupt keinen Geschlechtsverkehr zu haben oder zu wollen, ist schon ungewöhnlich. Vor allem, wenn keine ernsthaften Krankheiten nachzuweisen waren, konnte daran schon etwas faul sein ...

Ich entschloss mich, am Abend die allerallerletzte Probe aufs Exempel zu machen, um zu sehen, ob das Mädchen wieder Angst davor hat, sein Allerheiligstes anfassen zu lassen. Sollte es so sein, würde ich gezielt weitersuchen und ihm irgendwie schon auf die Schliche kommen.

Entschlossen nahm ich einen Anzug auf, um diesen wieder ordentlich auf seinen Bügel zu hängen.

Die Tatsachen, die mir meine negative Seite in den Kopf gesetzt hatte, wollte ich vorerst für die nächsten Stunden verbannen. Schließlich hatte jeder eine zweite Chance verdient. Auch wenn man nicht hundertprozentig sagen kann, ob die Erste tatsächlich vergeigt war. Mein Blick schweifte über das großzügige Chaos, das ich auf dem Bett angerichtet hatte. Mann eh, wie viele Anzüge hat der im Schrank? Hundert? Ich ärgerte mich ein wenig, dass ich mir nun noch mehr Arbeit verschaffte, als ich sowieso schon hatte. Denn großzügig wie ich bin, räumte ich nicht nur die Taschen sorgsam aus, sondern verhielt mich wie in der Pathologie. Sie wurden regelrecht obduziert. Dass ich die Anzüge nicht noch unter ein Mikroskop hielt, war nur aufgrund dessen, dass ich keins besaß.

Ja, und dann kommt eine Situation, in der alle gut gemeinten Grundsätze des Weghängens, Ordnungschaffens und Aufsetzens der Unschuldsmiene, als wäre nie etwas gewesen, über einen stinkenden Haufen geworfen werden.

Inzwischen war es Dienstagmittag, 12.03 Uhr, ich stand kopfschüttelnd vor einem enormen Berg zusammengeworfener Anzüge und der Lauf der Dinge begann. Ich nahm eine Hose und legte die ordentlich auf Bügelfalte, zupfte hier und da und plötzlich flatterte mir ein fein säuberlich gefalteter Zettel vor meine Gummistiefel.

Zuerst dachte ich, noch mehr Müll in seinen Taschen, aber dann ohrfeigte mich quasi meine weibliche Intuition. Ja, und welche Frau auf die göttliche innere Stimme nicht hört, ist selber schuld an allen Dilemmas, die man ihr förmlich vor die Füße wirft.

Schach oder matt?

Ich bückte mich danach und es traf mich plötzlich wie ein Schlag. Nun hielt ich tatsächlich die Antwort auf meine ganzen Fragen zwischen meinen Fingern und ich stierte ungläubig auf die fein säuberlich geschriebenen Worte:

Ruf mich doch einfach mal an, Ayla!

Als ich den kleinen Wisch drehte, sah ich einen roten Lippenstiftkuss, der anscheinend den Aufruf besiegeln sollte. Jetzt hätte ich kotzen können. Ich kramte nach dem Buch, das inzwischen unter das Bett gerutscht war, und schaute auf den Autorennamen, den ich bisher völlig uninteressant fand. Ayla Holzhausen, flankierte es in Franklin Gothic Medium ...

Ich schluckte trocken. Mein Herz entschied sich prompt für einen Marathon. Während sich meine Hormone zwischen heiß und kalt nicht entscheiden konnten. Daraufhin wollte ich einfach ausrasten oder gegebenenfalls hysterisch werden und hyperventilieren, wie es andere Frauen in diesem Fall tun würden. Aber es stellte sich nichts dergleichen ein, außer dieses elende Kotzgefühl und eine unsagbare Wut auf diese Autorin, meinen Mann und mich selbst. Hier ging es nicht mehr nur um Sex, den er mit einer anderen Frau hatte, sondern um Grenzen, die überschritten wurden, und um niederträchtige Heucheleien, anstatt ehrlich zu sein.

Wütend warf ich den Klumpen Anzüge und unser Bettzeug durch den Raum und hievte stöhnend die Matratze vom Lattenrost. Eigentlich war ich nur sauer und wollte mich abreagieren. Ich ahnte ja nicht, was sich durch diese Aktion Fürchterliches hervortun könnte. Aber ... es tat sich der Höllenschlund auf. Ich erhaschte zwischen Staubknäuel und diversem anderen Unter-dem-Bett-Kram das Korpus. Ein Hauch von roter Spitze. Bäh, jetzt wollte ich wirklich kotzen. Wie lange dieses getragene Höschen wohl unter unserem Bett lag? Die Vorstellung, mich jeden Abend nichts ahnend hingelegt zu haben, ließ mich gerade wie ein Karpfen nach Luft schnappen.

Mit offenem Mund dachte ich an meinen Wochenend-Ostseetrip mit den Kindern ...

Es war Dienstag, 12.11 Uhr. Ein schöner Sommertag. Durch das geöffnete Fenster hörte ich die Vögel zwitschern, ein Postbote brachte meiner Nachbarin ein Paket und wünschte ihr fröhlich einen schönen Resttag. Eigentlich war alles wie immer. Dennoch änderte diese Uhrzeit schlagartig mein ganzes bisheriges Leben.

„Zu einer glücklichen Ehe gehören meist mehr als zwei Personen."

Oscar Wilde

Diese zum Ehebruch aufmunternde Glücksfee hatte es tatsächlich geschafft, dass mein Noch-Ehemann seinen Zauberstab und dessen magische Streu über sie und in ihr ergoss.

Ihre makellose Schönheit grinste mich hämisch von der Rückseite des Buches an und schien mir zu sagen: „Keiner braucht sich für seinen Lebensstil zu rechtfertigen! Was gewesen ist, ist gewesen und aller Anfang mit einem verheirateten Mann ist ein Aufbruch zu neuen Zielen!"

„Blöde Kuh. Wie alt bist du eigentlich? Zwölf?", fluchte ich ihrem Foto entgegen, auf dem sie tatsächlich nicht älter wirkte. Aufgebracht zerriss ich das verhexte Exemplar in Millionen Schnipsel, die ich locker aus dem Handgelenk wie Schneeflocken um und über mich warf.

Botschaft angenommen, realisiert, aber das letzte Wort noch nicht gesprochen

Ich verspürte plötzlich den Wunsch, einen Hexenkessel aufzustellen, einen Zaubertrank zu kochen und um diesen dann böse lachend herum zu tanzen. Herrlich. Irgendwie gab mir diese Vorstellung gerade ein ungemeines Gefühl an meine verlorene Freiheit zurück.

Was sollte ich mich jetzt auch noch weiter darüber aufregen? Tatsache war eben, er hat sich anders entschieden. Die Sau war zwar nicht ehrlich und hat mich hinterhältig betrogen, aber was soll's. Ich muss jetzt an mich denken. Nur an mich. Wenn ich mich grämen würde, würde ich sehr schnell um mehr als zehn Jahre altern!

Wegen einer, die beim Herrgott nicht aufgehört hat „Hier" zu schreien, damit sie auf dem Erdball gleich nach der Geburt zur Schönheitskönigin gekrönt wird? Nein. Nein. Nein.

Ich bin auch schön auf meine Weise. Ich habe sogar ein außergewöhnliches Markenzeichen. Löcher in meinen Klamotten, gestreifte Schlafanzüge, die ich gerne über den Mittag hinaus trage und meine geliebten gelben Gummistiefel. Das alles zusammen macht mich zu einer abgefahrenen unkonventionellen Frau.

Klar bin ich älter geworden. Mit mir und an mir hängt so einiges rum. Dennoch bin ich die junge Frau geblieben, die ich in den Achtzigern gerne war. Ein bisschen Punk, ein wenig Popper und eine ganze Menge Ich.

Und das alles hat mich zu dieser tollen Frau gemacht, die ich heute bin. Ich schäme mich für gar nichts. Selbst dafür nicht, dass ich nicht mehr die Frau bin, die ihren Ehemann scharf macht. Denn ich bin immer noch die Frau, zwar in einem anderen Körperaufbau, die er geheiratet hat. Von meinem Wesen bin ich nicht einen Millimeter abgewichen.

Ich will mich nicht rechtfertigen. Es soll mir einfach alles am Arsch vorbeigehen.

Denn da, wo diese Frau ist, war ich schon, und wo ich jetzt bin, wird sie auch noch hinkommen!

Grübelnd saß ich auf dem Lattenrost und fragte mich, wie viel Gefühl ich für diesen Mann noch übrighatte, jetzt, nachdem ich wusste, dass er mich nach zwanzigjähriger Ehe gegen ein Kind eintauschte. Was machte ich mir eigentlich über diese Göre einen Kopf? Sie konnte schließlich schon schreiben und schien sehr genau zu wissen, wie man sich an verheiratete Männer heranmachte.

Seufzend legte ich mich zurück, starrte an die Decke meines Schlafzimmers und wartete einen Moment lang vergebens auf einen wilden Gefühlsausbruch, so etwas wie einen Schreikrampf ... Tränen ... Wut ... Verzweiflungstaten ... oder gar Todeswahn.

Ich saß auf dem auseinandergenommenen Schandfleck unserer Ehe, dem mit Sperma besudelten Ehebett, das in der Bibel schon über zweitausend Jahre als heilig erwähnt wurde, und versuchte zu heulen. Ehrlich gesagt gab ich mir dabei richtig viel Mühe. Ich quetschte, drückte und presste wie eine Wahnsinnige, aber alle Mühen waren umsonst. Nicht ein Kullertränchen wollte rollen für die vergangenen Ehejahre. Dabei waren es nicht unbedingt nur schlechte Jahre!

„Bitte!", sagte ich mir. „Eine einzige Träne für die schönen Erinnerungen der Kennlernphase!"

Ich zwang mich zur innerlichen Ruhe, setzte mich auf und wiederholte den Vorgang zum Gefühlsausbruch.

Ich hockte mich wie zur Meditation im Schneidersitz auf den Lattenrost meiner Bettseite und konzentrierte mich einzig und allein auf meine Tränendrüsen, die sich scheinbar vollständig aufgelöst hatten. Sie waren wirklich weg.

Erstaunlicherweise kam ich trotz der Anstrengungen in meine Entspannungsphase, rang mir aber nur ein klägliches Jaulen ab, das mit dem meines Hundes vergleichbar ist, wenn ich ihm aus Versehen auf den Schwanz getreten bin. Ich gab auf. Unter anderem wegen der Befürchtung, dass mir meine Nachbarn postwendend den Tierschutz auf den Hals schickten.

Dabei wollte ich einfach nur etwas finden, was meine neue Lebenssituation unterstreicht. Ein klitzekleines bisschen Traurigkeit wäre durchaus angebracht. Ich setzte eine Leidensmiene auf und wollte mir einreden, dass ich sehr, sehr traurig bin. Ich brauchte mehrere Anläufe, die jedes Mal mit einem Lachkrampf endeten. Aber dann, dann musste ich tatsächlich heulen.

Ich heulte vor Lachen. Nicht, dass jetzt der Verdacht aufkommt, oh Gott, die Arme. Das Ganze ist einfach zu viel gewesen. Ist ja auch kein Wunder, dass man nach so einem Schock durchdreht und alles in einem hysterischen Nervenzusammenbruch endet.

Nein, nein. Nur keine falschen Hoffnungen! Es waren Tränen eines puren Glücksgefühls. Ich fühlte mich, als wären alle Fesseln dieser Welt von mir abgefallen. Endlich war ich befreit von einem falschen Spiel. Entbunden von einem Gelübde. Erleichtert, nun alles ans Tageslicht gebracht zu haben, und erlöst von quälenden Fragen, die mich nachts stundenlang wach hielten.

Was das für ein famoses, grandioses und erstklassiges Gefühl vom kleinen Zeh bis zu den Haarspitzen war, kann nur eine erklären, die den Unterschied zwischen Glatze und Penis nicht mehr kennt! In mir stieg die totale Befreiung auf und ich genoss jede Sekunde dieser göttlichen Ekstase.

„Was uns als eine schwere Prüfung erscheint, erweist sich oft als Segen."

Oscar Wilde

Die totale Befreiung

Ich war schwerelos wie ein Raumschiff, voller Euphorie und Enthusiasmus, wie in Trance. Ich fühlte mich total high! Ein jüdisches Sprichwort sagt:

„Der Vogel spürt nicht das Gewicht seiner Flügel."

Ich war nicht mal erschrocken darüber, wie erleichtert ich war, dass ich meinen Mann und seine Eigenarten für immer los und mir dieses Drama Bindung nicht einmal eine halbe Kullerträne wert war! Es war endlich Geschichte. Es war aus und vorbei und würde nie wiederkommen. Wie sollte man heulen, wenn man innerliche Zufriedenheit, Erleichterung und Freude verspürte? Also lachte ich und schmunzelte über meine eigene Dummheit, ein wenig Trauer vorführen zu wollen. Ich konnte nicht in Weinkrämpfe verfallen und meine Haare schneeweiß werden lassen für einen Vollidioten, der sich systematisch selbst das Genick brach. Diese Erkenntnis ließ mich frohlocken und Psalme des Lobpreises singen. Denn Männer gehen nun mal, manche in einem Leichensack und andere eben mit einer anderen Frau! What else ...

Ich löste mich aus meiner Jogahaltung, streckte meine Arme gegen den Himmel und dachte an ein weiteres japanisches Sprichwort:

„Eine große Freude kann das ganze Leben wieder hell waschen."

Und so war es und so sollte es sein. Mein Buch des Lebens hat irgendjemand neu geschrieben. Sei es, um mich zu ärgern, zu erziehen oder mich glücklich zu machen. Ich werde mich überraschen lassen und das Beste daraus machen. Jetzt warteten neue Abenteuer auf mich! Nur einen Mann, so was wollte ich nicht mehr.

Ich wandte mich noch einmal dem zerfetzten und zerrissenen Autorengesichtchen unter meinen Füßen zu und sagte: „Weißt du was, du blöde Kuh, ich schenk dir diesen Mann, der hat mich eh nicht verdient! Noch zehn Jahre und du stehst genauso bescheuert da wie ich! Aber ich gönne es dir. Und dann krieg dein Leben mal in den Griff, du verwöhntes Püppchen. Ich freue mich schon darauf, mit anzusehen, wie du jämmerlich zugrunde gehst, wenn du bemerkst, dass deine Konkurrenz herangewachsen ist und das Hirn, das versucht, dich zu erziehen, hohl wie eine Kokosnuss ist!

Ich inspizierte lächelnd das Chaos im, ja wie soll ich mich ausdrücken, Bordell?, raffte mich vom Lattenrost, der schon enorme Druckstellen an meinem Hintern hinterließ, und ging überraschend gelöst eine Etage tiefer in mein Bücherzimmer.

Zielsicher griff ich nach dem Duden – einem der besten Bücher, das ich je in den Händen gehalten habe – und suchte nach einer Erklärung zu meiner jetzigen Lage.

Völlig ruhig suchte ich nach dem Wörtchen alleinerziehend:

Allein
Alleingang
Alleinherrschaft
alleinig
allein selig machend
alleinstehend

Na, das gefiel mir doch schon besser: Ich, der alleinige Besitzer meines Lebens! Nie mehr Unterhosen mit Schleifspuren! Nie mehr leere Bierflaschen! Nie mehr mit einem schnarchenden, furzenden und rülpsenden Individuum nachts das Bett teilen müssen! Und nie mehr zwischen mir und der Kreatur neben mir Kissentürmchen bauen, weil man die Nähe und den Atem des anderen nicht mehr ertragen konnte.

Jetzt war nur noch die Frage zu klären, warum konnte ich ihn nicht mehr riechen? Und wieso auf einmal? Nee, auf einmal schon gar nicht. Ich konnte ihn nicht mehr ab, weil ich mir Tage und Nächte viele Fragen stellen musste. Fragen wie: Warum sieht er mich nicht mehr als Frau? Warum liebt er mich nicht mehr so, wie ich bin? Warum bekomme ich anstatt eines Guten-Morgen-Grußes nur ein: Warum ist die Badezimmertür schon wieder auf? Warum ist dies, warum ist das? Warum, warum, warum. Vorhaltungen wurden mir gemacht, weil ich angeblich nicht mehr nachdachte. Er regte sich darüber auf, dass Handfeger und Kehrblech mal eben in der Spüle parkten. An manchen Tagen überprüfte er sogar, was ich den ganzen Tag so haushaltstechnisch gemacht habe. Hello? What's wrong?

Er hat sich in den Jahren ebenso verändert. Aber wie gesagt, bei einem Mann scheint das alles nicht so schwerwiegend zu sein wie bei einer Frau.

Wenn ich mich nachts mal wieder von einer Seite auf die andere drehte, kreisten oftmals seine blöden Sprüche in meinem Kopf.

Nie sind mir seine abschätzenden und verletzenden Blicke entgangen, wenn er mir heimlich hinterher stierte.

Ja und? Mein Arsch ist etwas runder geworden, im Ganzen hat sich alles gerundet, na und?

Vor ein paar Tagen erst erlebte ich eine Situation, die sehr einprägend war. Wir saßen gemütlich beim Abendessen, als er mich beobachtete. Er hatte jeden Bissen mitgezählt und mir dann eiskalt gesagt: „Schatz, du bist satt!" Das sagt kein Mann, der seine Frau liebt, oder? Ich bin ja nicht fett, sondern nur etwas ausgewachsener. What else?

Genauso war es auf mich gemünzt, wenn er unseren Hund anguckte und sagte: „Du bist so breit wie ein deutscher Panzer." Diese gemeinen Aussagen saßen und mit jeder fühlte ich mich angesprochen. Und warum? Weil ich inzwischen ganz genau wusste, dass dieses ‚In guten und in schlechten Zeiten' für ihn nicht mehr zählte. Nein, ich war ja in seinen Augen fett. Aber warum sah er das nur? Andere hielten mich für attraktiv und hübsch ...

Die Frage kann ich mir jetzt gut beantworten. Er liebte mich wirklich nicht mehr. Denn nur wer wahrlich liebt, sieht mit dem Herzen. Die anderen sehen nur das, was sie stört.

Wochenlang, ach quatsch, Monate konnte ich keinen anderen Gedanken mehr zulassen als diesen: Wenn er mich doch so abscheulich findet, warum geht er dann nicht? Was hält ihn? Vielleicht hatte er aber auch nur eine Brücke gesucht und gefunden und die heißt Ayla und schreibt blöde Bücher.

Klar tut es verdammt weh zu erkennen, dass er mich nach Strich und Faden verarscht hat und an einer Lüge festhielt. Es wäre gelogen, wenn ich jetzt behaupten würde, es hat mich kalt gelassen. Aber eine Affäre kommt nicht von jetzt auf gleich. Sie zieht sich über Wochen, Monate und Jahre, in denen die Ehefrau wie immer den Haushalt schmeißt, die Kinder versorgt und seine Hemden bügelt, an die sich dann eine andere Frau schmiegt. Mein Instinkt war nicht erst heute auf Rot geschaltet. Im Unterbewusstsein ahnte ich schon lange, dass irgendetwas stinkt, und das war nicht nur sein Morgenpups aus dem Hals!

Ich hatte nicht das Gefühl, spontan auf das Abstellgleis geschoben worden zu sein. Nein, er hat darauf hingearbeitet. Schon lange behandelte er mich diskriminierend. Schlagartig wurde mir bewusst, dass er das alles geplant hatte. Er wollte, dass ich ihn hasse und mich von selbst löse. Sein Plan ging ja auf, ich hatte tatsächlich gelernt, innerlich eine Barriere aufzubauen und mein Herz abstumpfen zu lassen. Aus diesem Grund konnte ich mich jetzt freuen, diesen arroganten, integrativen, zeitunglesenden Peniseichelglatzkopf los zu sein.

Ab sofort sollte er ebenso Geschichte für mich sein wie ich für ihn. Denn wenn er mich wirklich geliebt hätte, dann wäre niemals eine andere Frau dazwischengekommen, das war klar wie sonst was.

Wer weiß, was er ihr alles erzählt hatte, um sie auf eine Mitleidsschiene zu bringen. Vielleicht hat er ihr ja berichtet, dass er schon lange keinen Sex mehr hatte. Vielleicht weil ich immer unter Kopfschmerzen litt oder so? Sollte mir einmal zu Ohren kommen, dass mein

Noch-Ehemann so was vom Stapel gelassen hat, dann werde ich mich wahrlich in einem Zeitungsartikel rächen – und allen Lesern erzählen, was er für ein armer, armer hirnverweichlichter Schrumpfkopf ist.

Aber jetzt wollte ich nicht mehr darüber nachdenken. Von nun an wollte ich mein neues Leben leben, wie ich es will. Den Duden hielt ich immer noch aufgeschlagen in meinen Händen und stierte geistesabwesend auf mein zukünftiges Zauberwort. Was war ich dankbar für dieses starke Bindeglied. So klein und doch so machtvoll in der Aussage. ‚Alleinherrschaft.' Ich wiederholte es leise und was soll ich sagen, es klang wie das Musikstück einer berauschenden Sinfonie, die nun meinen Lebenstakt bestimmen wird.

Allein leben, alleinstehen mit zwei Teenagern, die das schönste Geschenk waren, das er mir machen und hinterlassen konnte. Mein Erbgut sowie mein durchgeknalltes geistiges Wesen flossen durch ihre Adern. Wie oft hatte sich mein Mann darüber ausgelassen und brüskiert, dass die Kinder so wären wie ich! Doch wie waren sie? Wie war ich? Und wer war er eigentlich?

„Du wirst noch sehen, was du von deiner antiautoritären Erziehung hast, wenn sie dir eines Tages auf der Nase herum tanzen!"

Wie oft hatte ich mir diesen Spruch anhören müssen. Mindestens genauso oft wie den Lieblingssatz meines Vaters: „Solange du deine Füße unter meinen Tisch stellst ...!"

Na klasse, Sprüche zur Erziehung von Kindern, die ihren eigenen Kopf besaßen und mit diesem durch eine Stahlwand wollten. Aber was soll's, ich wäre nicht die

Tochter meiner Mutter, wenn ich in meinem Leben keine zweite Chance hätte, einmal zu zeigen, was ich kann und wer ich wirklich bin. Ach ja, nun bin ich bei meiner Mutter angekommen. Sie ist eine anstrengende Frau, aber nicht unbedingt dumm. Meiner Mutter ging ebenfalls vieles von meinem Vater auf die Nerven und sie entledigte sich seiner kurzerhand zwischen Frühstück und Mittagessen. Ja, wenn sie etwas für nötig befindet, dann kann sie wahrlich sehr entschlossen klare Verhältnisse schaffen!

„Werner, ich ertrage deine Anwesenheit in unseren vier Wänden nicht mehr. Nimm deine dämlichen Sprüche, deinen Kleiderschrank und verschwinde aus meinem Leben!", sagte sie.

Dasselbe sagte sie mir, als ich alt genug war, auf eigenen Beinen zu stehen –, und es für mich Zeit wurde, mein Leben als Frau zu meistern! Der Unterschied zu meinem Vater bestand darin, dass sie mir immer wieder mit Rat und Tat zur Seite stand – ob ich das hören wollte oder nicht. Und meinen Vater hat sie aus allen Systemen gelöscht. Es war bald so, als hätte es ihn niemals gegeben.

Meine Mutter war wie eine eiserne Lady. Sie erzog mich zu einem knallharten Weichei mit Verstand, viel Geduld, einer Menge Herz und eisernem Willen! Wir können nicht miteinander, aber auch nicht ohneeinander, wir schlagen uns und wir lieben uns abgöttisch, bis der Tod uns scheidet – obwohl ich mir da bei meiner Mutter nicht so sicher bin. Sie ist nämlich sehr eigen. Auf der einen Seite will sie immer ihre Ruhe haben, kann es aber nicht lassen, sich in alles einzumischen. Ich suchte in meinem Buch das ‚E' und schaute unter der Bedeutung von ‚egozentrisch' nach:

Ego
Egoismus
Egoist
egoistisch
Ego-Trip
Egozentrik
Egozentriker
egozentrisch – vom eigenen Standpunkt aus denkend und handelnd. Ichbezogen.

Na ja, ganz so schlimm ist sie nun auch wieder nicht. Aber in einem ihrer Grundsätze hat sie recht, man muss gesunde Prämissen setzen, und das habe ich durchaus verstanden. Man lebt schließlich nur einmal und das nicht ewig! Und wozu einen Mann an der Seite, der nicht mehr als ein drittes Kind ist, das man füttern und anziehen muss.

Meine Mutter erwähnte dazu einmal Folgendes: „Eine Frau ist der bessere Mann. Schade eigentlich, dass wir uns nicht selbst befruchten können, wirklich schade, ich empfinde das förmlich als ein Drama!"

Ach Mama, dachte ich, *mir klingeln schon die Ohren mit deinen ganzen Ratschlägen, woran ich in nächster Zeit denken soll!*

Das entlarvte Arschgesicht

Zur Unterstützung meiner, ich nenne sie einmal makabren Situation, legte ich eine CD meiner Tochter ein. Lied fünf passte hervorragend. Titel: ‚Du Wixer' von DeLia. Es war kein aggressives Lied, die Sängerin sagte mit einer richtig netten, ruhigen Melodie, was sie dachte und was sie gerne tun würde. Ich drehte es ohrenbetäubend laut und sang den Refrain mit.

„... ich sah dich an und irgendwie dachte ich dann, wie schön es wäre, dir auf die Fresse zu hauen, dir den Hals umzudrehen, dir den Tag zu versauen und dann abzuhauen. Du Wixer, du dumme arrogante Sau. Du Wixer, hab ich dir jemals vertraut? Du Wixer, und weißt du was, ich bin es auch ...“

Das ‚Ich bin es auch' verinnerlichte ich. Dass er sich anderweitig verliebte, hatte ich verstanden. Gut, das war nun mal so! Aber er sollte nicht versuchen, mich weiter für dämlich zu halten. Denn eine total verarschte und betrogene Frau könnte dann schon mal zu einem Fluch werden. Ich grinste und schunkelte zur Melodie. Die Idee mit dem Fluch wollte ich zu gegebener Zeit ausarbeiten. Jetzt war noch nicht die Zeit. Ich musste ja erst einmal abwarten, was er mir für eine Geschichte auftischen wollte oder ob er tatsächlich einmal die Wahrheit sagte. Denn dann würde ich erst an den Punkt von der Herzscheiße kommen.

Ich versank im Liedtext und nickte zustimmend. Ich freute mich darüber, dass in diesem Fall eine junge Frau ihre Gefühle so nett besang. Als meine Tochter diesen Song das erste Mal abspielte, fragte ich: „Was ist das denn für ein Lied?“, und lachte darüber. Heute lache ich nicht. Ganz im Gegenteil, heute steigt in mir eine kontrollierte Wut hoch und ich könnte mit Schwung das einst in Einklang ausgesuchte, teure Hochzeitsgeschirr an die mit ‚Wir schaffen ein gemeinsames Nest der Harmonie' tapezierte weiße Wand schmeißen! Ich könnte, wenn ich nicht noch Anstand und Stolz besäße, den ersten Wohnsitz meines Noch-Ehemannes mit den Worten ‚Zwanzig Jahre, du Arsch, zwanzig Jahre, du Mistkerl' in kunterbunter Farbenpracht beschmieren. Als ich so richtig schön laut mitsang, wurde plötzlich die Anlage ausgeknipst.

„Was ist denn hier los?", fragte mich der Fremdgänger und guckte angewidert auf meine Aufmachung.

Ich war nämlich immer noch ein im Schlafanzug gelbbestiefeltes Kätzchen. Den Blick, den er mir zuwarf, gab ich zurück und wurde sarkastisch: „Nichts, du Arsch, Pimmelgesicht."

„Sag mal, wie sprichst du mit mir? Ist dir das PVC ins Gehirn gestiegen?" Mit einem hämischen Grinsen zeigte er auf meine tollen Stiefel und wollte mir wie immer zur Begrüßung einen Kuss auf die Wange geben.

Boah, dachte ich, *so ein falscher Fünfziger*, und drehte den Kopf zur Seite. Am liebsten hätte ich ihm eine geklatscht. Tat aber so, als hätten wir eine alltägliche Unterhaltung.

„PVC scheint in manchen Fällen echt Wunder zu wirken. Ansonsten würde ich jetzt stehen und deine Hemden bügeln. Aber das kann ja jetzt deine Ayla machen", meinte ich und spielte das Lied von vorne ab.

Wieder wurde das Lied unterbrochen. Plötzlich herrschte eine unangenehme Stille im Raum.

„Na, dann brauche ich ja nichts mehr zu erklären." Diese Worte so zu hören, tat weh.

„Meinst du?", sagte ich noch erstaunlich ruhig. „Nicht zu fassen, dass der gnädige Herr, wenn es drauf ankommt, seinen Schwanz einzieht. Zeigst doch sonst, was du hast."

Er holte tief Luft und sagte darauf gar nichts.

„Wie lange geht das schon mit euch?", fragte ich weiter.

„Ein gutes Jahr."

„So, so. Ein Jahr", wiederholte ich und hätte aus der Haut fahren können.

„Weißt du, was mich so richtig ankotzt? Dass du nicht einmal den Arsch in der Hose hattest, mir zu sagen, dass du jemanden anderes hast. Du hast uns alle belogen und betrogen. Nicht nur mir, sondern auch deinen Kindern hast du ein glückliches Familienleben vorgeheuchelt. Dass du noch nicht tot umgefallen bist, zeugt nur davon, dass der liebe Gott dich dafür noch bestrafen will."

„Ich wusste nicht wie!", strampelte er nervös.

„Wie, nicht wie? Ich habe lange geglaubt, dass du ein Mann bist, der mit beiden Beinen im Leben steht, und jetzt muss ich feststellen, dass du ein Feigling bist und keine Beine hast?"

„Das hat mit feige nichts zu tun," er machte eine Pause und sortierte CDs. „Schließlich gibt man nicht so ohne Weiteres eine langjährige Ehe auf."

„Du bist so ein Penner", sagte ich fassungslos. „Die Ehe hast du aufgegeben, als du deinen Schwanz in die andere gesteckt hast."

„Leotine, nun bleib mal fair. Ich hasse das, wenn du so sprichst."

„Ja, ich weiß. Du hasst so viele Sachen an mir, dass ich mir echt die Frage stellen muss, warum du überhaupt so lange mit mir zusammen warst. Ständig hattest du an mir etwas auszusetzen. Und ich blöde Kuh habe nicht einmal geschnallt, dass ich dich inzwischen anwidere."

Er schluckte trocken und schaute auf meine Gummistiefel.

„Ja, glotze nur auf meine Gummistiefel. Die sind wenigstens treu. Und weißt du was, du Arschgesicht, wenn du deine Sachen gepackt hast, dann lege ich mich mit diesen ins Bett, rauche eine Zigarre, schlürfe einen Caipirinha und werde mir überlegen, mit was ich dich verfluchen kann."

„Ich werde natürlich für dich und die Kinder aufkommen."

Jetzt hätte ich ausrasten können. „Was soll das sein, meine Abfindung? Für eine treue Zeit, in der ich dir jahrelang deine Haushälterin war?"

„Nein, natürlich nicht. Mann, Leotine, mach es mir doch nicht so schwer." Jetzt warf ich ihm die CDs, die er vorher ins Fach sortiert hatte, an den Kopf.

„Nicht so schwer? Sag mal, du ziehst doch Nebenluft, oder? Wer macht es denn wem schwer?", zischte ich durch die Zähne und traf ihn zielsicher mit der Ecke einer CD-Hülle über der rechten Augenbraue. Mit großer Freude sah ich ihm an, dass es wehtat.

„Ich verspreche dir, dass es dir und den Kindern an nichts fehlen wird. Ich habe schon nach einer Wohnung für euch gesucht." Wutschnaubend trampelte ich auf und warf die letzte CD – leider an ihm vorbei.

„Ich habe auch eine gefunden. Die wird dir gefallen."

Mir blieb die Luft weg. Ich wurde nicht nur ersetzt, sondern auch noch in eine Mietwohnung abgeschoben. Jetzt hätte ich ihm die Augen auskratzen können.

„Weißt du was, du Pisser, jedes Schimpfwort ist für dich noch zu schade. Für das, was du hier abziehst, müssten noch welche erfunden werden. Hau einfach ab", schrie ich ihn an.

Mein Noch-Ehemann wollte mich beschwichtigen und startete einen neuen Versuch mit einem komplett falschen Satz. „Lass uns doch sachlich bleiben."

Mir blieb der Mund offen stehen. Ich wusste jetzt nicht mehr, wie oft ich manches von ihm wiederholt hatte, um mir seine dummen Aussagen einzuprägen. Dennoch war ich gezwungen, das auch zu wiederholen.

„Sachlich. Hast du jetzt wirklich sachlich gesagt? Das hätte man sein und bleiben können. Wenn du von Anfang an ehrlich gewesen wärst. Aber jetzt ist mir nach allem anderen zumute, aber nicht nach sachlich bleiben!"

„Wir werden das so oder so klären müssen. Warum denn nicht gleich?"

„Warum? Um dein Scheiß-Gewissen zu beruhigen?" Ich lächelte gehässig. „Na ja. Jetzt geht es ans Eingemachte. Das will man natürlich in trockenen Tüchern wissen."

Ich überlegte kurzerhand und sagte: „Du kriegst jetzt ein finanzielles Inferno, mein Freund, das verspreche ich dir! Vielleicht war das auch die ganze Zeit der Grund, warum du Saftnase nicht ehrlich warst! Du hattest Angst, du Weichei."

Er wandte sich von mir ab und sagte bestimmend: „Ich sollte wiederkommen, wenn du dich beruhigt hast. Mit dir ist gerade nicht zu reden. Ich will mich auch nicht länger von dir beleidigen lassen", sagte er und ging aus dem Wohnzimmer. Im Flur blieb er noch kurz stehen

und rief zurück: „Wir werden uns schon einig", betonte
er und verließ dann endgültig das Haus.

Wütend rannte ich hinterher, riss die Tür auf und brüllte: „Ja, verpiss dich nur. Ich hoffe, du wirst dir unterwegs die Beine brechen. Ach, entschuldige bitte, ich
hatte total vergessen, dass du ja keine hast. Du hast
auch keine Eier, und wenn, dann nur klitzekleine Mini-
Eierchen. So Läuseeier." Ich führte den Daumen und
den Zeigefinger zusammen und zeigte ihm, wie groß
seine Hoden wirklich waren.

„Das sind Nissen", kopfschüttelnd startete er sein Auto
und fuhr davon.

Das fand ich jetzt unfassbar. Selbst in der Trennung
konnte er es nicht lassen, mich zu korrigieren. Mit einem
Knall haute ich die Tür zu und stampfte wütend ins
Wohnzimmer, drehte erneut die Anlage auf volle Pulle.
Bevor ich meine Wut heraus sang, schrie ich: „Ich hasse
dich. Und wage es nicht, mich übers Ohr zu hauen. Dann
wirst du mich schnell von einer anderen Seite kennenlernen! Denn Nissen knacken so schön, wenn man ihnen
den Garaus macht."

„Doch mit des Geschickes Mächten ist kein ew'-
ger Bund zu flechten."

Friedrich Schiller

Ich hatte mich recht zackig wieder abreagiert. Und
wollte nüchtern mein neues Leben betrachten. Lange
könnte er keine zwei Haushalte stemmen. Der Tag würde kommen, wie das Amen in der Kirche, dass er in der
Tür steht und mir mitteilt, dass er den Unterhalt nicht

mehr zahlen kann. Und dann? Ich musste mir unbedingt etwas überlegen, damit ich abgesichert bin.

Andere Frauen würden vielleicht heulen und zusammengekauert auf dem Wohnzimmerteppich sitzen und darüber nachdenken, dass man mit zwei Kindern im Stich gelassen wurde. Auch berechtigt. Denn jede Frau, nicht nur ich, kümmerte nicht nur die Herzscheiße. Nein, schwerwiegender ist und bleibt das ganze Drumherum mit der Geldscheiße!

Wenn man frisch verliebt ist, wie der gnädige Herr momentan, sieht man ohnehin alles durch die rosarote Brille und macht sich natürlich keine Mühe, auch nur einen Gedanken daran zu verschwenden, was in zwanzig Jahren passieren könnte. Jetzt ist das eingetroffen, wovon man nie ausgeht, wenn man sich verliebt das Jawort gibt.

Immer wiederkehrend hallten mir seine Worte nach. „Ich werde natürlich für dich und die Kinder aufkommen." Das war der Satz, der mir Magenschmerzen bereitete. Darüber hatte ich mir keine Gedanken gemacht. Ich hatte nach Jolanthe nie wieder gearbeitet. Wer sollte mich ohne wirkliche Berufserfahrung einstellen? Mist auch, Sozialamt war ein Lösung, aber will ich das? Ich hatte bisher ein gutes Leben und brauchte mich um den morgigen Tag niemals sorgen. Aber ab heute, ab jetzt, hatte eine andere Zeitepoche angefangen.

Ich war für ihn nicht mehr die Schönste unter der Sonne und damit begann der Untergang meines abgesicherten Lebens. So etwas wie ein Ehevertrag bestand nicht. Warum auch. Man ging ja nie von einer Trennung aus. Ich kam zu dem Entschluss, dass ich ganz schön blauäugig und dumm war.

Keine Frau sollte heutzutage ohne einen guten Ehevertrag heiraten, der im Falle einer Trennung ihre Ansprüche regelt und der mit einer klitzekleinen Klausel versehen ist, in der der Mann noch einmal darauf hingewiesen werden sollte, dass eine Frau altert und nicht immer siebzehn bleibt und somit Materialermüdungen an Gesäß, Busen und einfach allen Körperteilen auftreten können. Nach dem neuen Gesetz des Unterhaltes ist es ja so, dass die Neufrau und deren Neukind, wenn es jünger ist als drei Jahre, den Vorrang genießen vor den alten Gebrauchtkindern und deren verbrauchter Mutter. Hat der Ex ordentlich was auf dem Konto, muss er noch ein paar Jahre Aufstockung zahlen. Ist von dem aber nichts nachzuweisen, bleibt für die Gebrauchtfrau wenig oder gar nichts. Das heißt: Geh mal schön arbeiten! Aber wie soll die Gebrauchtfrau, die zwanzig Jahre nichts weiter war als Ehefrau, Hausfrau und Mutter, einen Job finden? Da war ich genau an dem Punkt angekommen, an dem ich tatsächlich hätte heulen können. Ich drehte das Lied, das immer und immer wieder lief, noch weiter auf und beruhigte mich durch mein Mitsingen.

Zwanzig lange Jahre sein Essen kochen, seine Wäsche waschen, seine Bierkisten schleppen, seine Launen ertragen und putzen und im Garten arbeiten und die Kinder erziehen. Und um den Genitalbereich des Ehemanns aktiv bleiben, so lange wie er Bock auf seine Ehefrau hatte oder der Penis beim Spielen nicht kaputt gehen konnte.

Der Tagesablauf einer Frau beinhaltet ein kleines, erfolgreiches Familienunternehmen zu führen – eine Arbeit, die von Vater Staat nicht honoriert wird. Schade eigentlich, so hätten wir vielleicht etwas Anspruch auf Arbeitslosengeld, wenn der Beruf Ehefrau wegfällt, weil dem Mann mit fünfundvierzig Jahren einfällt, mit einer zwanzigjährigen Neufrau abzudampfen und eventuell ein Neukind zu zeugen. Man kriegt ja schließlich auch Witwenrente.

Im Übrigen kenne ich nicht eine einzige Frau, die in diesem Alter ihren Mann und ihre Kinder verlässt für einen knackigen Zwanzigjährigen! Blöde eigentlich, echt blöde ...

„Das Unerwartete zu erwarten, verrät einen modernen Geist."

Oscar Wilde

Zurück in die Zukunft

Mit einem flüchtigen Blick auf die Uhr erschrak ich. *Die Kinder kommen gleich aus der Schule und ich habe das essen nicht fertig,* dachte ich.

Schnell rannte ich in die Küche und wühlte nach Spaghetti. In Windeseile kreierte ich eine à la Tüten-Tomatensoße. Gerade als ich die gut aufeinander abgestimmten Geschmacksverstärker abschmecken wollte, klappte wie vorhin, nur anders, die Eingangstür.

„Mama?", rief Moritz die Treppe hoch.

„Die ist in der Küche", schlaumeierte Jolanthe und warf ihre Schultasche in den Flur und marschierte schnurstracks zu mir an den Herd.

„Mhh, Spaghetti", schlussfolgerte sie, als sie den Topfdeckel von der Tomatensoße anhob.

„Och nö, Mama, nicht schon wieder Nudeln." Demonstrativ bockig lümmelte sich Moritz halb auf den Tisch.

„Können wir nicht mal was Richtiges essen?"

„Nudeln sind was Richtiges", konterte Jolanthe und rieb sich genüsslich ihren flachen Bauch. Für sie waren Nudeln, Pizza und Burger Leibgerichte. Für sie das Passende zu kochen war schwierig. Wenn sie keine Salami im Kühlschrank fand, dann konnte sie das perfekte Drama heraufbeschwören, weil dann nämlich in ihren Augen der Kühlschrank leer war und sie jede Minute verhungern konnte.

„Ich habe die Zeit leider vertrödelt", tröstete ich meinen Sohn, der lieber ein saftiges Stück Fleisch zwischen seinen Zähnen gehabt hätte.

Mit einem aufmerksamen Blick ermittelte er schnell, dass nur für uns drei der Mittagstisch gedeckt war.

„Hast du dich wieder mit Papa gestritten?", meinte er und taxierte mich, als wüsste er schon alles.

„Na ja. Gestritten." Ich druckste herum. Wie sollte ich auch als Mutter meinen Kindern die neue häusliche Lage überbringen, ohne dass sie aufgelöst im Haus umherrennen, Türen schmeißen und kreischend mitteilen, dass sie uns hassen.

„Ja, also ...", fing ich an und goss nebenher das kochende Wasser von den al dente gekochten Nudeln ab. Ich kippte diese dann in eine Schüssel, stellte sie auf den Tisch und setzte mich zu meinen Kindern. Beide sagten gar nichts, sie schauten erwartungsvoll auf meinen Mund, als wollten sie mir meine Worte mit einer Angel heraus kurbeln.

„Ab heute, lieber Moritz, werden wir wohl öfter Nudeln mit Tomatensoße essen, als dir lieb ist." Fragend hob er seine Schultern. Jolanthe aber freute sich über diese gute Nachricht, diverse Tage mal keinen Aufstand machen zu müssen, weil es etwas zu essen gab, was nicht nach ihrer Nase war.

„Papa ist ausgezogen. Sein Arbeitskollege, zu dem er gerne die letzte Zeit mal hingefahren ist, ist in Wahrheit eine Frau. Sie heißt Ayla und nicht Maik!"

Moritz griff sich seinen Löffel und seine Gabel und packte sich ordentlich Nudeln auf seinen Teller. Seine Schwester tat es ihm gleich. Eigentlich erwartete ich jetzt, dass sie satt sind und sich in ihre Zimmer zurückziehen, um das alles erst einmal zu verdauen. Aber ihre Mienen blieben starr wie bei einer Puppe. Es war gerade so, als hätte ich ihnen erzählt, dass ich beim Einkaufen Frau Müller aus der Nachbarschaft getroffen habe, die mir erzählte, dass ihre Blumen knusprig welk sind. Gleichgültig kauten sie auf ihren Nudeln, bis Moritz mit vollem Mund mit einem knappen „Okay" die Stille durchbrach.

„Wie okay?", hakte ich fassungslos nach.

„Na ja. Okay eben. Ist Erwachsenenscheiß", antwortete er altklug. „Oder was sagst du?", fragte er seine Schwester. „Ja, find ich auch. Macht euer Ding unter euch aus. Ich sage nur, haltet uns da raus, ich habe keinen Bock, zwischen zwei Kampfhähnen den Vermittler zu spielen."

„Das ist alles? Kein Tobsuchtsanfall? Kein, oh Mama, warum? Das ist fies von euch, wir hassen euch, oder so was?"

Meine Kinder tauschten vielsagende Blicke aus, die mit einem genervten Schwenker an die Küchendecke endeten.

„Nee, Mama, wie gesagt – Erwachsenenscheiß. Wir sind Kinder, die in solch einem Fall eh keine Meinung dazu haben dürfen. Ihr macht doch ohnehin, was ihr wollt. Wenn wir jetzt ausrasten, verschwenden wir nur unnötige Energie." Beide stellten ohne weitere Worte ihre leeren Teller in die Spüle und ließen mich mit einem knappen „Okay" und mit meinen inzwischen kalten Spaghetti am Tisch sitzen.

Ich hörte sie in der Diele nach ihren Schulsachen kramen und tuschelnd die Treppe aufsteigen. Ich stützte mich schwerfällig, als würde ich zum Aufstehen eine Hilfe benötigen, auf der Tischplatte ab und ging seelenruhig an die Treppe und rief den Kindern hinterher: „Ach ja, übrigens möchte der eine Elternscheiß, dass ihr eure Sachen schon einmal nach ‚kann ich gebrauchen' oder ‚kann weg' sortiert. Der hat uns nämlich abgehakt und gleichzeitig einen Tapetenwechsel vorgeschlagen."

„Was hat der? Oh, ich glaub's ja wohl nicht. Dieser Vollpenner kann sich was anhören." Jolanthe kam jetzt in

Rage. Sie polterte laut die Treppe nach oben und knallte unüberhörbar ihre Zimmertür ins Schloss.

Moritz stand wie angewurzelt auf der vorletzten Stufe und meinte trocken: „Ach Mama, mach dir nichts draus. Für Antiquitäten findet sich immer ein Liebhaber und ein neues schönes Plätzchen." Mit einem Augenzwinkern drehte er sich um.

„Wie? Du willst doch nicht sagen, dass ich ein altes verschlissenes Möbelstück bin?"

„Richtig, Mama. Du bist nicht das Verschlissene, sondern das Schmuckstück unter denen."

„Ach Moritz, wenn ich nicht deine Mutter wäre, würde ich mich so lange einfrieren lassen, bis du in einem heiratsfähigen Alter wärst."

„Was wäre wenn? Aber ich bin dein Sohn und habe mich gerade entschlossen, niemals eine Familie zu gründen. Ich finde diesen Erwachsenenscheiß so anstrengend, dass ich mich niemals in eine derartige Position begeben werde, in der ich andere eventuell verletzen muss."

Dasjenige, was wir als das Beste in der Erziehung bewirken können, das ist eben die Willenserziehung und ein Teil der Gemütserziehung.

Rudolf Steiner

Der Fingerzeig und hormongesteuerte gute Freunde

Mit der Trennung von meinem Mann stellte sich nach und nach heraus, wie viele Freunde ich wirklich hatte. Nämlich gar keine. Die scheinbar guten Freundinnen besuchten mich unter scheinheiligen Gründen, um von mir zu erfahren, wie ich leide und mich am Boden der Verzweiflung befinde, um es postwendend bei der nächsten Gelegenheit – voll des gekünstelten Mitleides – als Gesprächsthema zu präsentieren. „Weißt du schon ...? Hast du schon gehört ...? Die hat dieses und jenes gemacht ...! Die kommt nicht klar ...! Ist überfordert mit der ganzen Situation ...“

Ich muss dazu sagen, dass die, die solch ein blödes Zeug von sich gaben, mich niemals wirklich kannten und einfach nur richten oder schlecht nachrufen wollten.

Dabei ging es uns blendend. Schon lange ging es uns nicht mehr so gut. Es war gerade so, als wären wir schon immer im Dreierpack unterwegs. Wir bezogen eine schöne Altbau-Wohnung unter dem Dach, in einer herrlich angelegten Grünanlage unweit des Stadtparks, in der wir uns schnell pudelwohl fühlten. Zwar war sie noch etwas renovierungsbedürftig und brauchte noch einen gewissen Touch, aber alles nach und nach. Kommt eine Idee – kommen auch irgendwoher die Mittel.

Nun war ich tatsächlich Besitzerin einer großen Dachterrasse, auf der ich meine geliebten Kräuter züchten konnte. Klar war es kein Ersatz für einen Garten, aber what's happend! Ich war zufrieden und die Kinder ebenso. Das allein war wichtig.

Es wäre alles so perfekt, wenn ich nicht meine große Mühe mit meinem neuen Singledasein durchleben müsste. Auweia, es war gar nicht so einfach, oberflächliche Freundschaften mit hormongesteuerten Männern zu führen. Ich hätte niemals gedacht, wie schwierig es ist, sich einen guten Freund vom Hals zu halten. Dabei war ich nur freundlich. Und dennoch kamen durch die Blumen Sprüche wie: „Du willst das doch auch."

Anscheinend habe ich mich mit der Trennung von meinem Mann weiterentwickelt. Ich bin sogar aufgestiegen von einer normalen Frau zu einer Hexe.

Zu einer Hexe mit einem Zauberblick. Blickte mir jemand in die Augen, so war er mir verfallen und das nur, weil ich so war, wie ich war! Vielleicht ein bisschen zu attraktiv, zu intelligent und zu besessen, jedem alles recht zu machen. Früher hatte man mich deswegen sicherlich schon einmal auf dem Scheiterhaufen verbrannt. Aber wahre Hexen kommen bekanntlich immer wieder! Und in der Neuzeit blühen sie zu unglaublichen Fähigkeiten und magischen Kräften auf. Und ich bin wohl so eine – glaubt man gewissen Leuten!

Ich lernte viele Männer kennen, von denen ich dachte, sie wären wirkliche Freunde. Wohlgemerkt Freunde, die mir und den Kindern zur Seite stehen. Einfach nur Spaß haben. Weinchen trinken, lachen, heulen, drücken und nach Hause schicken. Mehr nicht. Mir würde das völlig genügen.

Aber leider habe ich diese Kalkulation ohne den Wirt gemacht. Obwohl ich in diesen Fällen die Wirtin sein sollte, nee falsch, sogar kurzfristig war, bis ich gecheckt habe, dass sie Parasiten waren. Vampire, die mir mein Lebenselixier stehlen wollten. Zecken, die sich an mir festbeißen und mich niemals mehr loslassen wollten. Boah, es war grauenhaft, ich hegte immer mehr den Verdacht, dass sie mich mit Borreliose infizierten. Meine Bewegungsabläufe wurden mega eingeschränkt. Plötzlich bekam ich durch Eifersüchteleien Grenzen aufgezeigt, die mich immer mehr einengten.

Hilfe! Ich wurde bedrängt, indem sie sich wagten, meine Aura zu durchbrechen. Sie drängten darauf, ihre eigenen Bedürfnisse zu befriedigen. Ihre Freundschaften waren nicht ehrlich, sondern von Hormonen übernommen. Sie wurden kontrolliert, geführt und geleitet. Vielleicht sollte ich das gar nicht so wissenschaftlich entschuldigen. Die Kerle waren eben einfach nur geil auf mich und das störte meine heile Welt der Freundschaft. Freundschaft bedeutet für mich, mit Kumpels – egal ob männlich oder weiblich – durch dick und dünn zu gehen, eine Loyalität, die alles beinhaltet: Treue, Ergebenheit, Verlässlichkeit, Redlichkeit, Zuverlässigkeit und Vertragstreue. Aber es stellte sich als alles andere heraus. Besitzergreifende, krankhafte Eifersucht machte sich bemerkbar mit nächtlichen Kontrollgängen um das Haus, in dem ich wohnte, mit Liebesschwüren durch Geschenke und Briefpost – schlimmer als ein Wahnsinniger wurde sich aufgeführt. „Wo warst du? Was machst du gerade?" – Telefonanrufe rund um die Uhr waren an der Tagesordnung. Ich wurde von meinen vermeintlichen Freunden kontrolliert! Eine Zeit lang überlegte ich sogar, mich mit einer einstweiligen Verfügung zu schützen. Mein Fehler war, dass ich für eine Freundschaft, die mir am Herzen lag, immer wieder Kompromisse eingegangen bin, was sich im Nachhinein als eine sehr große Dummheit herausstellte.

Mein Gott, was habe ich mir den Mund fusselig geredet! Immer wieder habe ich darauf hingewiesen, dass ich sie lieb habe, aber eben nicht so, wie man es für eine Beziehung bräuchte. Viele Gespräche und viel Stress folgten – unter anderem mit Rückforderungen von Geschenken, bei denen immer wieder mit Nachdruck darauf hingewiesen worden war, dass sie von Herzen kämen, der Freundschaft wegen! Alles gelogen, unredlich arglistig, falsch, scheinheilig, unlauter, unehrlich. Ich hoffe, ich habe nichts vergessen! Denn als es dann zum Knall kam, war ich die böse Hexe, für die man doch alles getan hatte. Schnell wurde aus der Herzdame eine Schlange. Ich glaube, in manchen Stunden wäre ich zu gern den Pakt mit dem Teufel eingegangen, um einmal so zu sein wie Medusa, die Frau mit den Schlangen auf dem Kopf. Jeder Blickkontakt hätte sie versteinert. Und wenn man mich jetzt fragt: „Und Mädel, wo wolltest du die vielen Skulpturen verschachern?" Doofe Frage. Natürlich wie die Mafia – im tiefen tiefen Meer.

Aber Spaß beiseite. Ich lass mich mit Sicherheit nicht kaufen. Für jeden Liebesdienst, den ich hätte erbringen müssen in einer solchen Beziehung, hätte ich kotzen müssen. Und so bin ich im Laufe der letzten Monate zu der Überzeugung gekommen, dass es Freundschaft zwischen Männern und Frauen nicht geben kann, es sei denn, die Männer sind schwul und fühlen, leben und denken wie eine Frau. Obwohl das auch schwierig werden könnte.

Mit der Trennung von meinem Mann brodelte also die Gerüchteküche um eine bösartige, männerfressende schwarze Hexe ...

Das war nun das gefundene Fressen für meine sogenannten guten Freundinnen, deren falsche Zungen förmlich im Hals kreisten, nur um von mir negativ reden zu können. Ohhh, was wünschte ich diesen bösen Frauen, dass sie sich schnell an ihrem eigenen Gift verschluckten. Sie sollten daran ersticken. Ich hoffte, dass ihr Hals umgehend anschwoll und sie panisch nach Luft schnappend sterben würden. Alle sensationslüsternen Waschweiber mit verbitterten Gesichtern, schmalen verbissenen Lippen, Augen voller Härte, Kompromisslosigkeit und Brutalität, unaufrichtig gegen sich selbst, hetzten heuchlerisch und pharisäerhaft gegen mich. Denn alles, was ich ihrer Meinung nach darstellte, war empörend, skandalös, unerhört, unfassbar, unglaublich, unbeschreiblich und himmelschreiend! Für mich war das alles nur schwer verständlich!

Nur wenige blieben als echte Wegbegleiter und wahre Stützpfeiler, als alles um mich herum zusammenbrach. All die anderen Möchtegern-Freundinnen und -Freunde hätten mich liebend gern völlig zerstört am Boden liegen sehen. Aber mir ging es gut. Mir war inzwischen egal, was erzählt wurde über die Hexe, und mir war auch völlig egal, ob die Neue an der Seite meines Mannes eine fabelhafte Gastgeberin war, die ihre Lachshäppchen mit Mayonnaise bestrich und nicht mit Butter. Ich wurde auch nicht blass um die Nase, als man mir erzählte, dass sich leichte Rundungen an ihrem Körper bemerkbar machten. Bravo, hoffentlich würden es Drillinge, die sie völlig überfordern und sie mit Augenrändern bis zu den Kniekehlen in die Nervenklinik befördern. Denn viel Hilfe hatte die blöde Kuh von einem ‚Ich brauche meinen Schönheitsschlaf' nicht zu erwarten.

**Vorsatz zu einem glücklichen Lebensziel
und Tod den Schandmäulern**

Ich liebte mein neuerworbenes Leben mit den beiden heiligen Wörtern ‚Nie mehr!‘.

Das ‚Nie mehr!‘ stand also nicht nur für den Partner, den ich nicht mehr wollte, sondern auch für all die ‚besten Freundinnen‘ und ‚besten Freunde‘. Für mich begann ein neuer Lebensabschnitt ohne Ehemann und ohne liebeskranke und von Eifersucht geplagte Kumpels.

Fleißig und voller Elan erzog ich weiterhin meine zwei Kinder zu wohlerzogenen, aber nicht auf den Mund gefallenen, aufsässigen Mitmenschen des Erdballs. Ich lehrte sie, dass es wichtig ist, das zu sagen, was sie denken. Ich bin der Meinung, dass Kinder Erwachsenen respektvoll ihre persönliche Meinung sagen können. Und sie verstehen schon sehr früh klare Ansagen. Bloß weil sie halbwüchsig sind, sind sie nicht gleich dumme Menschen und ohne jeglichen Verstand. Manch einer, der schon älter ist, gibt weitaus dümmere Argumente von sich als ein Siebenjähriger. Leider wurden mir auch diese Erziehungsmaßnahmen zur Last gelegt, gerade von dem alten Bekannten- und Freundeskreis. Dazu sage ich nur: Ich wäre nicht ich, wenn es mir nicht egal wäre, was andere denken!

Anfänglich sorgte ich trotz negativer Erzählungen weiterhin für Kontakt zu meinen alten Bekannten, bis ich dann zu ihren Stehpartys, Geburtstagen und Grillfesten nicht mehr eingeladen wurde, weil ich in ihre Spießerklischees nicht mehr hineinpasste. Ich war schließlich alleinerziehend. Alleinerziehend und männerfressend, was nicht einmal im Duden steht. Es wurde zu einem scharlachroten Buchstaben auf meiner Brust, jeder sollte mich daran erkennen und von mir gehört haben: Die ist nicht mehr gesellschaftsfähig, die hat keinen Mann, aber zwei Kinder. Oder besser noch: Sie ist unanständig, anstößig, obszön, schamlos, zweideutig und ungehörig. Ich hätte mir ein Schild um den Hals hängen sollen: Hochgradig gefährlich für Männer in jedem Alter!

Aber, ihr lieben Frauen, je mehr ihr über mich lästert und euch bei euren Liebsten auslasst, umso interessanter werde ich für sie! Daran solltet ihr einmal denken. Aber was erwarte ich da von denen, die das Hirn nur zum Gackern benutzen!

Es ist zum Lachen und ich fühle mich auch irgendwie geehrt über so viel Anteilnahme an meinem manchmal sehr beschissen verlaufenen, armseligen, kleinen Leben. Ich bin wohl interessanter, als ich je erhofft habe, und in meiner Umgebung muss ich wohl schon prominent und wichtig sein, denn ohne mich hätten viele Frauen kein Gesprächsthema und der Kaffeeklatsch in den Cafés wäre langweilig und öde.

Ich weiß nicht, ob sie das alles aus Selbstschutz äußerten oder weil sie tatsächlich Angst um ihre Ehemänner hatten, die ich ihnen ohne Weiteres hätte wegschnappen können, oder weil ich den fabelhaften Ruf einer Hexe genoss oder ob es die Angst vor meinen bodenständigen Kindern war, weil so wie die Mutter auch die Kinder sind und werden.

Ich weiß nicht, welche Beweggründe Anlass waren, umherzulaufen wie überkochende Sauertöpfe. Ich weiß nur, dass das sehr krank ist und sie sich alle einmal einen Doktor suchen sollten, der ihnen aus dieser verfahrenen Lage wieder heraushelfen kann. Denn unkontrollierte Wut, Unmut, Verbitterung, Verdrossenheit, Ärger und Erzürntheit können zu Herzkreislauf- und Magen- und Darmkrankheiten führen, auch zu schweren psychischen Störungen, und daran wäre ich ungern schuld. Immerhin: Eine ganze Stadt in Aufruhr zu bringen, dass hat noch keiner vor mir geschafft.

Mein Moritz, der wie immer zu seiner Mutter stand, sagte nur: „Hey Eva, lass die doch labern! Sind eh nur Spießer, bei denen schon aus der Flasche trinken schlechtes Benehmen ist!"

„Vorurteile lassen sich einem Herzen nur schwer abgewöhnen, dessen Boden nie gelockert oder durch Erziehung fruchtbar gemacht wurde. Sie wachsen dort so fest wie Unkraut zwischen den Steinen."

Charlotte Brontë

Spießer, alles Menschen ohne wahre Genüsse des Lebens

Das Wörtchen Spießer brachte mich wieder auf den Gedanken, erst einmal an mein Bücherregal zu gehen und in meinem schlauen Buch nachzuschlagen. Mein Zauberfinger glitt an den Wörtern entlang:

Spieß
Spießbock
Spießbürger – Mensch mit beschränktem Gesichtskreis, engstirniger Mensch
spießbürgerlich
Spießbürgertum
spießen
Spießer – junger Rehbock, Hirsch oder Elch mit Geweihstangen ohne Enden

Also sind Spießer menschliche Tiere, die mit aller Macht mit dem Kopf durch die Wand wollen?
Wer ist überhaupt ein Spießer und ab wann kann sich einer so nennen? Sind es Menschen, die zu viel Geld haben und nach außen hin so tun, als wäre alles das Letzte, was sie umgibt. Oder sind es jene, die einen von oben bis unten mustern und für den Abschaum des Universums halten? Wie erkennt man Spießer?
Spießer sind, glaube ich, solche Menschen, die nicht wissen, dass sie leben, die keine Freude an lustigen alltäglichen Missgeschicken haben, jene, die zum Lachen in den Keller gehen. Wie mein Ex- oder Noch-Ehemann. Der hat nicht im Entferntesten seine Miene verzogen bei Dingen, bei denen die Kinder und ich herzhaft lachen konnten. Also auch ein Spießer – und das mir. Wie konnte ich das nur über zwanzig Jahre billi-

gen? Und einige halten sich für etwas Besseres und sind es in Wirklichkeit gar nicht. (Siehe die Müllhalde vor der Tür! Bei Interesse fragen sie den Bäcker, Schlachter, Frisör oder auch Familienangehörige.)

Es gibt auch Ausnahmen. Ich will ja nicht allesamt schlechtmachen. Tatsächlich gibt es immer mal ein bis zwei Leutchen unter dem selbsternannten Hochadel der Nachbarschaft oder des Bekanntenkreises, die sich am wohlsten fühlen, wenn sie sich zwischen ganz normal durchgeknallten Leuten bewegen dürfen.

Mein Großvater erwähnte mal dazu, dass jene, die sich für etwas Besonderes halten, genauso aus dem Arsch stinken wie du und ich. Seither sehe ich alle, die ihre Augen theatralisch zum Himmel werfen, weil man nicht der Norm ihrer auferlegten Dogmen entspricht, auf dem Klo sitzen. Aber so richtig mit einer vollgebratzten Toilette. Am besten noch mit lauten Geräuschen und Sprühscheiße ...

Im Klartext heißt das: Wir, meine Kinder und ich, sind eine Familie, die völlig normal tickt oder auch spinnt! Egal wie. Wir essen leidenschaftlich gern mit den Fingern. Und wenn es uns geschmeckt hat, lecken wir die auch ab! Punkt.

Aus der Flasche zu trinken ist auch nicht unbedingt eine anerzogene schlechte Manier und nicht nur für Bauarbeiter üblich! Einmal nicht zu duschen ist auch keine Schande, man kann ruhig mal als Stinker durch die Gegend rennen, sich mal gehen lassen, einfach einmal so sein, wie man in diesem Moment am liebsten sein möchte. Doppelpunkt Punkt.

Bei uns ist es Normalität, dass man schon mal eine Blähung loslässt, dass man denkt, es werden Möbel gerückt!

Normal ist ebenso, dass man beim Telefonieren selbstvergessen in der Nase bohrt und dann schon mal überlegt, auweia, wo schmiere ich jetzt den Popel hin!

Normal ist, dass ich die Kinder von der Schule abhole und dann doch ohne sie den Ort wieder verlasse.

Normal war auch mein Großvater, der, nachdem er einen über den Durst getrunken hatte, seine Zähne in der Toilette verloren hatte und am liebsten hinterher gesprungen wäre, um sie zu retten.

Normal ist, dass ich meine Freunde beim Telefonieren mit auf die Toilette nehme. Warum soll ich peinlich berührt auflegen, und wenn ich mein Geschäft beendet habe, wieder zurückrufen? Unnötige Zeitverschwendung.

Normal ist, dass wir über uns und unsere Missgeschicke aus tiefstem Herzen lachen können. Spießer würden nie darüber lachen, geschweige darüber reden. Doch auch denen passieren unwillkürlich nicht eingeplante Dinge. Oder haben sich diese Menschen so unter Kontrolle, dass sie für jedes Aufblähen der Därme wie auch zum Lachen in den Keller rennen? So zu leben – wäre mir einfach zu stressig und ohne jegliche Lebensqualität.

Normal ist, dass ich oftmals in meinem Wagen sitze und über spontane Ereignisse grinse, dass andere Fahrer denken müssen, dass ich gerade frisch aus gewissen Gemäuern entlassen wurde: *Achtung, Frau, auffällig laut lachend! Bitte halten Sie Abstand, bei unruhigem Hin- und Herschlittern bitte sofort und ohne zu überlegen rechts heranfahren und den Notruf wählen!*

Normal ist also meine komplett durchgeknallte kleine Familie, angefangen bei meinen Urahnen bis hin zum letzten kleinen Steppke – keine Spießer, aber auch keine Flodders. Einfach nur so, wie Gott sie geschaffen hat: normal und ohne böse Absichten in allen Lebenslagen! Es sei denn, man ist Spießer. Dann ist ein Furz, der quer kommt, schon etwas, wofür man hinter Schloss und Riegel gehört.

Oscar Wilde sagt auch hier wieder, was ich denke:

„Ich bin durchaus nicht zynisch, ich habe nur Erfahrung – das ist so ziemlich dasselbe."

Die Veränderung

Mit meinem neuen freien Leben wollte ich zuallererst vieles ändern. Alles, was mich an mein altes Leben erinnerte, MUSSTE ausgelöscht oder vernichtet werden!

Als Erstes war der Frisör dran. Hier stellte sich nur die Frage, hipp oder hopp. Abschneiden oder nicht? Stunden verbrachte ich beim Frisör und diskutierte gegen jedes Kurzhaarangebot. Im Endeffekt verließ ich den Salon nur mit frisch gewaschenem und geföhntem Kopf. Denn wenn ich etwas sehr genoss, dann waren es meine Haare, die mir weich und lang den Rücken hinunterfielen. Ich konnte es nicht übers Herz bringen, auch nur einen Zentimeter davon herzugeben. Hexen haben ja bekanntlich Angst vor dem Haarschneiden.

Also ging ich dann doch lieber eine Tür weiter und ließ mir die Finger- und Fußnägel veredeln. Danach ging es zu einer Massage für das neue Körpergefühl.

Ich ließ es so richtig krachen. Es war lange her, dass ich mal an mich dachte. Zumal ich mir diesen Luxus des Verwöhnprogramms gar nicht hätte leisten dürfen. Aber der Blick auf meinen Ehering und die EC-Karte des Arschgesichts ließ alle Skrupel schmelzen. Es sollte schon etwas wehtun, wenn er seinen Kontostand abruft und ihm dabei bewusst wird, dass er noch Frau und Kinder hatte, die sich nicht ebenso in Luft auflösen konnten.

Der ungemeine Drang nach neuen Gummistiefeln stieg auf. Ich grinste böse, als ich mir seine runzelige Stirn vorstellte, wie sie sich zusammenfaltete wie ein Penis nach dem Akt, wenn er den letzten Kontoauszug wie seine Tageszeitung vors Gesicht hält und eine Abbuchung vom Kauf der verhassten Gummistiefel sieht. Entschlossen ging ich in den nächsten Schuhladen und kaufte die teuersten gelben Gummistiefel der Welt. Mit Fußbett und Geleinlagen für sage und schreibe 345,00 EUR. Die Verkäuferin gab alles, mir diese einzigartigen Gummistiefel, die diese Saison der absolute Renner auf Sylt waren, zu verkaufen. „Sie würden bei einem Spaziergang auf der Insel auffallen. Diese Gummistiefel gibt es nur einmal." Ich nahm das Weichgummi-Exemplar in die Hand und stellte nicht unbedingt einen Unterschied zu meinen fest. Bis mein Blick auf dem eingedrückten Stempel haften blieb. Armani. Ich war begeistert, der Kerl des Bankkontos würde ausrasten, wenn er die Kartenzahlung sah.

Ich fiel in das Schwärmen der Verkäuferin ein und wies sie darauf hin, dass ich für diese bemerkenswerten Stiefel unbedingt die besten Pflegemittel benötigte. Nach einem Wattgang sollten ja keine hässlichen Kratzer den Stiefel wertmindern. Die Verkäuferin war außer sich vor Freude. Zu Recht. Sie machte innerhalb von zehn Minuten einen Umsatz von 700,00 EUR. Ich fragte erst gar nicht, warum die Pflege genauso teuer wie die erworbenen Gummistiefel war. Ich musste es ja nicht bezahlen. Lächelnd nahm ich ihr eine schmucke Einkaufstasche mit dem Logo des Schuhladens aus der Hand und zog mit meinen neuen Lieblingsstiefeln davon.

Zu Hause angekommen, machte ich es mir mit einem Gläschen Gourmet-Wein, von dem ich mir natürlich drei Kartons gegönnt hatte, auf dem Sofa gemütlich, schlüpfte in meine Armanis und hörte den Wichser.

Ich glaube, es waren keine zwei Stunden vergangen, da kam mein Moritz mit dem Telefon in der Hand und hielt es mir entgegen: „Papa."

„Was will er?", fragte ich unschuldig und schlürfte ergiebig vom Wein.

„Der ist irgendwie sauer auf dich", flüsterte er und warf mir das Telefon auf den Schoß. Ich glaube, meine Augen glühten rot auf, als ich den Hörer ans Ohr legte.

„Es ist erstaunlich, dass du unsere Nummer noch kennst", flötete ich süffisant und nahm geräuschvoll einen Schluck des köstlichen Rotweins.

„Sag mal, bist du größenwahnsinnig geworden?"

„Nöö, wieso?"

„Ich werde deine Karte sperren lassen."

„Mach das. Ich kann mich ja drauf verlassen, dass du für mich und die Kinder alles Erdenkliche tun wirst."

„Warum tust du so was? Was habe ich getan, dass du mich so fertig machen willst?"

„Ich glaub's ja jetzt nicht? Hast du tatsächlich diese Frage gestellt?" Ich hörte in den Hörer rein und vernahm ein wildes Schnaufen.

„Hallo? Bist du zu einem Wildschein mutiert?", fragte ich scheinheilig.

„Wir haben uns doch mal geliebt", kam es verbittert durch die Leitung. Ich konnte mich gerade noch beherrschen, den guten Wein nicht auf den Teppich zu spucken. Hilfe, wo der doch sooo teuer war.

Aber der liebe Gott bewahrte mich davor und gab mir die nötige Gelassenheit. Ich entschloss mich, mich entspannt zurückzulehnen und eiskalt zu erwidern: „Meine Liebe zu dir ist noch lange nicht fertig. Halt du dich an deine Abmachung, dann könnte es sein, dass der Fluch, der dich treffen wird, milde ausfällt."

Nicht lange nachdem ich ihm eine Heimsuchung angedroht hatte, folgte ein kleiner winziger Ansatzfluch. Wirklich nur von geringem Ausmaß.

Es hatte sich nämlich ketzerisch rumgesprochen, dass die Neue meines Noch-Ehemannes – unser altes Haus – so wunderbar umgestaltet hat, nun drängte sich mir förmlich die ‚Für-alle-Notfälle-Kreditkarte' auf. Die hätte ich doch glatt vergessen, wenn sie mir nicht rein zufällig beim Aufräumen meiner Geldbörse vor die Füße gefallen wäre. Das war doch ein Zeichen aus dem Universum. Der Geldgott hatte Mitleid mit mir und wollte, dass ich mir etwas Gutes tue. War auch verständlich. Meine neue Wohnung konnte tatsächlich einen extravaganten Pfiff gebrauchen. Ein Flair zu einer Abgrenzung vom Wir. Ein Touch vom Wohlfühlen. Der Hauch der Freiheit. Der Takt von alleinerziehend. Ich hüpfte vor lauter Freude, stürmte dabei zu meinem Kleiderschrank und machte mich chic. Aufgeregt rief ich nach den Kindern.

„Jolanthe. Moritz. Schmeißt euch mal in eure Klamotten. Wir gehen shoppen."

„Echt jetzt?" Jolanthe fragte zwar, zog sich aber trotzdem blitzschnell um.

Moritz, unser Sparfuchs, war da weniger spontan.

„Ich denke, wir haben keine Kohle?", meinte er und lehnte sich gegen den Türrahmen meiner Schlafzimmertür und schaute mir lässig dabei zu, wie ich mich in meine Jeans zwängte.

„Haben wir auch nicht. Plastik haben wir. Und das ist gerade eben noch viel wert."

„Das gibt Krieg, Mama!" Er schaute mich mit einem Blick an, der auch von meiner Mutter hätte sein können.

„Sei kein Spielverderber", ich hielt die Luft an und hoffte, dass der Knopf meiner Hose nicht durch das Zimmer katapultiert wurde.

Langsam atmete ich aus und Moritz ging in Deckung.

„Wenn Papa das erfährt, bringt der dich um", warnte er.

„Egal Schatz. Er hat es so gewollt. Zwei Familien sind eben kostspielig." Er wiegte seinen Kopf hin und her und war nicht so überzeugt.

„Mensch, Eva. Du bist scheinbar in deinem Erwachsenenscheiß so versunken, dass du nicht mehr intelligent handeln kannst", er seufzte. „Aber vollkommen dein Scheiß. Ich bin nur ein Kind, das gezwungen wird, diesen mitzumachen", fügte er hinzu.

„Fertig", meinte Jolanthe und stellte sich neben Moritz, der einen vielsagenden Blick an die Zimmerdecke schickte.

Noch in derselben Minute setzten wir uns ins Auto, um mit großer Lust Geld auszugeben, das mir – glaube ich – nicht wirklich gehörte. Aber ich als meins wertete. Ja, ich wollte nur so einkaufen, dass mir alles egal war. In meinem Bauch kribbelte es genauso, als würde man über einen großen Hucken rasen und in der Luft noch einige Meter weiter fliegen. Nach vielen Jahren war ich mal die alleinige Herrscherin über ein Stück Plastik, das viel wert war. Zwar Notfallplastik, das eingesetzt werden sollte nach einer ehelichen Krisenbesprechung – wir brauchen jetzt dringend das Geld. Aber das war mir jetzt völlig wummpe! Ich setzte einfachheitshalber mal allein den Schweregrad der Krise fest. Denn beschissen, verarscht, belogen, betrogen, reingelegt, getäuscht, ach Scheiße, noch vieles mehr, hatte eben mal die oberhöchste Stufe der ‚Priorität‘, die man(n) sich wohl denken kann. Ich rieb mir innerlich die Hände. Das sollte ein Spaß werden. Ich wollte es genießen, denn mir war schon bewusst, dass diese Chance nie wiederkommt. Das Kribbeln schob sich jetzt bis hoch in meine Brust. Ohhh, was war ich freudig erregt. Zum ersten Mal konnte ich einkaufen, wie es mir gefällt. Das war ein starkes Gefühl, mich nicht abstimmen zu müssen, welche Tapete ich nehmen darf, bei der der Angetraute nicht gleich Augenkrebs kriegt, wenn er drauf guckt. Erstmalig war mir der Augenkrebs egal. Sollten doch alle Männer – die meine zukünftige Tapete nicht mögen, erblinden.

Ich klopfte beherzt auf meine Handtasche und freute mich riesig auf das wertvolle Plastikstückchen, das ich bis zu 5.000 EUR ausschöpfen konnte. Mir lief beinahe das Wasser aus dem Mund, so sehr schwelgte ich in meiner Einkaufseuphorie. Was für ein Angebot – das konnte ich doch nicht ausschlagen, denn es wird wahrlich die letzte Gelegenheit sein und bleiben. Hundertprozentig wird diese Aktion missbilligt und meine freien Handlungen von teuren Anwälten eingegrenzt bis lahmgelegt. Das war mir ehrlich gesagt scheißegal. Wenn das nämlich eintritt, habe ich längst die für Augenkrebs zuständigen tapezierten Wände. Ich setzte mein Siegerlächeln auf und stürzte mich voller Tatendrang in meinen Einkaufsrausch, mit dem ich meinen Kindern und mir einen großzügigen Tapetenwechsel verordnete.

Ich kaufte Farben, von denen das A-Gesicht Migräneanfälle bekommen hätte. Ich wollte alles knallbunt. Ich wollte einfach mal so leben und wohnen, wie man es mir in Ehezeiten nie gestattet hätte.

Wir rannten kreuz und quer durch den Laden und stapelten unsere Errungenschaften in fünfzehn Einkaufswagen.

„Darf ich schwarze Tapete haben?", fragte Jolanthe und hielt mir unerwartet eine Rolle unter die Nase.

„Wie Schwarz? Das ist eine tote Farbe. So Grufti. Fehlt nur noch, dass du einen Sarg als Bett haben möchtest."

„Ja, cool Mama." Jolanthe klopfte mir anerkennend auf die Schulter. „Mein Zimmer wird eine Gruft."

„Schwarz ist doch keine Farbe."

„Doch die Farbe der Zurückhaltung. Sie ist eine klare Abgrenzung zu Idioten."

Ich schluckte grob, sah meine Tochter schlafend in einem Sarg liegen und mich als Idiot daneben stehen.

Bevor sich bei mir allerdings eine Gänsehaut aufrichten konnte, kam Moritz mit einem überfüllten Einkaufswagen um die Ecke.

„Und? Welche Vorstellung hast du von deinen eigenen vier Wänden?"

„Wenn Jolanthe tot spielt, will ich meditieren."

Ich überschlug seine Beute und stellte schnell fest, dass er sich für die Esoterik entschieden hatte.

Na prima. Besser konnte es gar nicht laufen. Ich habe es geschafft, Schwarz und Weiß unter einem Dach zu haben. Wer war jetzt schuld? Ich bestimmt wieder? Weil ich sie gelehrt habe, ihre Persönlichkeit zu leben und darauf zu kacken, was andere sagen!

Ich entschied mich dann für Jenseits von Gut und Böse zu bleiben. Jolanthe war mir zu dunkel und Moritz zu hell. Mein persönliches Reich sollte meine neue Lebenseinstellung widerspiegeln. Ich wollte es farbenfroh.

Nee bunt. Ach quatsch, knallbunt. I wooo, punkermäßig sollte mein Zimmer werden. Ich schickte meine Kinder aus, um alles, was ätzend grell ist, zusammenzusuchen und in den Einkaufswagen zu packen.

Ich kloppte mit meinen Kindern die ganzen fünftausend Ocken auf den Kopf.

Leider musste ich dabei auf die Preise achten. Das war größtenteils so was von hinderlich, bis hin zu total anstrengend und enttäuschend.

Wie kann man auch nur ein lächerliches Limit haben?, fragte ich mich verärgert. Fünftausend waren doch gar nichts, wenn man erst einmal loslegte. Es war wirklich bedauerlich.

Zufrieden mit unserem Fuhrpark rollten wir alle Wagen nach und nach Richtung Kassen.

Als wir fleißig die Wagen zusammenstellten, sammelten sich einige Mitarbeiter zu einer Rebe und glotzten den neidischen Die-haben-bestimmt-im-Lotto-gewonnen-Blick!

Nachdem die perplexen Baumarktmitarbeiter die umsatzfreudigen Augenpaare vom Chef erhaschten, wurde für uns schnell eine extra Kasse geöffnet. Neben den ganzen Höflichkeitsfloskeln fehlte nur noch der Sekt. Ich hätte mir gerade selbst in den Arsch beißen können. Zugern hätte ich an Ort und Stelle von dem feinherben prickelnden Getränk mit jedem Piep, den die Kasse von sich gab, genippt. What else?

„War das alles?", flötete die Fließband-Managerin und blickte auf das leere Laufband.

„Ja, leider. Ich habe grob mitgerechnet. Mehr geht nicht." Ich reichte ihr die Karte entgegen, die sie in den kleinen Computer steckte, der gleich alles bewilligen sollte.

„Ihre Geheimzahl bitte."

Mit einer bitteren Genugtuung tippte ich die Geheimzahl ein. Ich brauchte nicht lange warten und die Kasse befahl dem Drucker, meinen Einkauf aufzulisten.

Die Verkäuferin riss mit einem Seufzer den ellenlangen Bon ab und legte ihn mir zur Unterschrift vor. „Na, das hat sich aber gelohnt", stellte sie anerkennend fest.

„Mein Mann würde mich umbringen", klagte sie mit einem neidischen Blick über meine vollen Einkaufswagen.

„Ja, wird meiner wahrscheinlich auch. Aber vorher muss es einfach mal wehgetan haben." Ich neigte mich leicht zu ihr rüber und betonte: „So richtig wehgetan haben, wenn Sie verstehen, was ich meine." Aber der fragende Gesichtsausdruck der Frau zeugte von Ratlosigkeit und ich ersparte ihr weitere Einzelheiten.

Beherzt setzte ich darauf zur Unterschrift an und kritzelte einen ehemals guten Familiennamen unter die Summe von 4.999,98 EUR. Mit einem freundlich getrimmten Lächeln reichte sie mir dann nach Schema F die Kreditkarte zurück. Ich war völlig überrumpelt. Denn die Karte hatte ich schon längst ad acta gelegt.

„Ach ja, die Karte", flüsterte ich. „Schade eigentlich, wie schnell man zum Altbestand gehört, oder? Dabei hat man alles erfüllt, was von einem erwartet wurde." Die Augen der Kassiererin wurden immer größer. Standhaft hielt sie mir weiterhin die Karte entgegen und wunderte sich über mein Zögern, sie entgegenzunehmen. Ich überschlug noch mal den langen Bon und wiegte meinen Kopf hin und her und fragte höflich: „Haben Sie eine Schere?"

„Ja, natürlich." Sie rollte ihren Stuhl zurück, bückte sich und wühlte im Fußraum in irgendeiner Kiste. Mit rot angelaufenem Kopf reichte sie mir Sekunden später dann eine Schere zu.

„Oh, danke", sagte ich und griff danach. Unter den prüfenden Augen der Verkäuferin wendete ich die Karte von der Vorder- zur Hinterseite, setzte die Schere an und zerschnitt die Karte in Puzzlestückchen, die auf das Laufband rieselten. Ihr entsetzter Blick war filmreif.

Mit einem unschuldigen Lächeln reichte ich ihr das Schneidegerät wieder entgegen. Automatisch, aber zugleich fassungslos nahm sie das kalte Metall und blickte im Kreis. Mal zu mir, mal zu den Schnipseln, mal zu der Schere in ihrer Hand. Dann wieder zu mir …

Sie tat mir fast leid. So etwas Verrücktes ist ihr im Leben bestimmt noch nie untergekommen.

„Waaas? Was haben Sie getan", stotterte sie sichtlich unter Schock.

Langsam beugte ich mich über die Kasse und gab leise eine Erklärung, um ihre Wunderbaumstimmung zu beenden.

„Glauben Sie mir, im Leben ist eben mal schnell irgendetwas ganz plötzlich nichts mehr wert", flüsterte ich.

Der Tapetenwechsel

Noch am selben Abend hockten wir zwischen Kartons, Tapeten und Möbelstücken auf dem Fußboden in unserer schönen Altbauwohnung im Wohnzimmer. Jeder von uns hatte einen Pizzakarton auf dem Schoß und mümmelte beherzt den belegten Teig.

„Die schmeckt so geil", bemerkte Jolanthe und schob ein Riesenstück in den Mund.

„Ja, echt ey, es ist die weltbeste", antwortete Moritz und stopfte ein ebenso großes Stück in seine Futterluke.

Ich dagegen entspannte mich und und nippte am billigen Wein, den es gratis zur Bestellung gab.

„Der Wein schmeckt zum Kotzen", meckerte ich laut und hätte am liebsten alles über den Fußboden gespuckt. „Bäh. Die sollten sich was schämen, so einen Mist zu verschenken."

„Einem geschenkten Gaul ... Mama!"

„Nee, so 'nen Gaul will man nicht. Nicht einmal geschenkt. Das ist Gift und kein Wein. Das ist ... igitt, pfui ... Frostschutzmittel." Mit meiner heraushängenden Zunge suchte ich angeekelt nach einem Zungenschaber. Auf allen vieren krabbelte ich wie eine Irre und suchte nach etwas, um mir meine Zunge abzuwischen. Je länger ich nach etwas suchen musste, umso mehr hatte ich das Gefühl, gleich an einer Vergiftung zu sterben. Moritz gab daher einer Wasserflasche einen Tritt, die auf mich zu kullerte, um mir das Leben zu retten.

Wie eine Verdurstende griff ich nach der Wasserflasche und leerte die mit einem Zug, um den ollen Essiggeschmack loszuwerden.

„Mann, Mann, Mann. Die Pizzeria sollte ich auf Körperverletzung verklagen", theatralisch legte ich mich auf das Laminat und fasste auf meinen Bauch. „Ich fühle schon die Vergiftung. Meine Bauchspeicheldrüse ist angeschwollen. Ruft einen Rettungswagen, bitte. Und sagt dem Notarzt, es war ein ganz billiger gepanschter Wein. Kostenloser billiger Frostschutzwein.“

„Stell dich nicht so an“, Jolanthe blieb kaltschnäuzig, während ich an meiner Vergiftung verendete. „Den Wein kaufen die auch bloß ein. Dafür ist die Pizza echt der Oberhammer.“

„Ja, Mama, du hast uns gelehrt, dass wir immer an unseren Prioritäten festhalten sollen“, unterstützte das Bruderherz seine kauende Schwester.

Ich lag immer noch auf dem Fußboden und spielte die sterbende Hauptrolle und wisperte: „Das waren die letzten Worte, die liebende Kinder ihrer Mutter sagten, bevor ihr Magen sich vom Frostschutzmittel auflöste und ihr das verflüssigte Organ aus dem Mund floss.“

„Ihhh, Mama, du bist so ekelig“, schimpfte meine Tochter und warf demonstrativ ihr zuletzt angebissenes Pizzastück in den Karton zurück.

„Wie, bist du satt?“, fragte ich sarkastisch und erntete einen giftigen Blick von Jolanthe.

„Ich geh ins Bett. Gute Nacht.“

„Ich auch, Mama. Gute Nacht.“ Moritz schmatzte mir noch einen Kuss auf die Wange und trottete hinter seiner angesäuerten Schwester her.

Seufzend rappelte ich mich auf und stellte mich ans Fenster. Es war ein traumhafter Blick über die ganze beleuchtete Stadt. Es wirkte so anheimelnd und so friedlich, als wäre alles unter einer fürsorglichen Glocke geborgen und nichts könnte dem Frieden etwas anhaben. Ich öffnete das Fenster und kalte Luft durchströmte meine Lungen.

Mit der Frische kamen auch gleich wieder die Gedanken an meinen Noch-Ehemann, das A-Gesicht.

Wie schnell wir doch ausrangiert waren, dachte ich. *Schneller ging es nicht. Ex und hopp.* Ich atmete noch einmal tief durch, schloss das Fenster und drehte mich meinem Wohnzimmer zu.

Dabei traf mein Blick den blöden Fernseher. Es war nicht mal meiner. Ich hatte nie einen. Auch in meiner Junggesellinnenbude nicht. Ich brauchte keinen, aber der Herr war glotzensüchtig und zog mit Bier und Flimmerkiste bei mir ein. Obwohl ich mich damals schon fragte, wer will eigentlich schon einen in die Glotze guckenden, Bierschiss verteilenden Kerl? Und dann noch einen, der Manieren hatte wie der schlimmste Bauarbeiter der Nation.

Ich weiß gar nicht, warum ich mir keine Antwort darauf gegeben habe!

Wieso war ich so verblendet? Wenn ich an seinen Heiratsantrag denke, könnt ich mich heute noch dafür ohrfeigen. Ich wurde im Auto, zwischen zwei Dörfern, ganz nebenbei gefragt, ob ich an einem bestimmten Datum Zeit hätte. Ich war zu überrascht, um nicht Nein zu sagen. Verdutzt überlegte ich noch – oh Scheiße, das heißt, den wirst du nicht mehr los. Aber ich war handlungsunfähig und mundtot gemacht worden. Und schuld war die Frage der Fragen überhaupt, die jede junge Frau hören will: „Möchtest du mich heiraten?" Neinnnnnn. Das sollte meine Antwort sein. Das war das, was das Universum von mir hören wollte. Aber ich stimmte verdutzt zu und konnte es wochenlang nicht glauben, dass ich Ja gesagt habe.

Dabei wollte das Universum diese Verbindung gar nicht. Ich bekam drei magische Zeichen, die ich völlig falsch interpretierte. Zuerst wurde am Tag der Tage verschlafen. Ungewaschen, noch mit drei, vier Lockenwicklern im Haar, zwängte ich mich in mein Hochzeitskleid. Unter Zeitdruck stürmten wir zum Auto und fuhren los. Kurz hinter dem Ortsausgang flog uns das liebevoll drapierte Blumenbukett davon. Mit quietschenden Reifen trat mein damaliger Verlobter in die Eisen und wir hetzten auf ein Feld und spielten mit dem Wind ‚Fang den Blumenstrauß'. Wie meine Schuhe danach ausgesehen haben, verdreckt mit dicken Lehmklumpen unter der Sohle und am Absatz haftend, das fand ich so ärgerlich, dass ich mich den ganzen Tag darüber aufregte.

Nach einer kleinen Weile hatten wir das zerpflückte Gesteck gerettet, warfen es in den Kofferraum und wunderten uns über ein zischendes Geräusch. Irritiert blickten wir suchend in den Himmel. Wie nahe liegend auch. Dabei brauchten wir nur zusehen, wie sich der Wagen im hinteren Bereich von selbst tiefer legte.

„Scheiße, wir haben einen Platten", stöhnte mein Verlobter und wischte sich seine matschverschmierte Hand über die Stirn.

„Nee, doppelt Scheiße, wir haben zwei", stellte ich fest und stemmte grübelnd meine Fäuste in die Hüften und überlegte, auf welche Seite wir den Ersatzreifen wechseln sollten. Links oder rechts?

Oh Gott, ich fand den ablaufenden Vormittag so anstrengend, dass ich heilfroh war, wenigstens so nebenbei noch gefrühstückt zu haben.

Wir hockten uns ans Auto und teilten uns unsere letzte Zigarette.

„Vielleicht sollen wir nicht heiraten", sagte ich nüchtern.

„Wie, nicht heiraten? Meinst du, ich mach den ganzen Aufwand umsonst? Was das alles bisher gekostet hat. Nee, das wird jetzt durchgezogen, wie auch immer."

„Ja Mensch, scheiß doch auf die Kosten. Verstehe lieber mal die Zeichen des Universums."

„Du und deine Wahnvorstellungen", meinte mein Verlobter und stellte sich mit dem Daumen ausgestreckt an die Straße und brummte: „Ich kack auf dein Universum!"

Etwas beleidigt saß ich später auf einem Trecker, der mich mit seinem Geruckel wohl zum allerletzten Mal aufrütteln sollte, diesen Mann nicht zu heiraten. Aber was machte ich, anstatt wegzulaufen und ihm den Mittelfinger zu zeigen, holte ich meine gut gemeinten Kohlenhydrate aus dem Magen und bekleckerte damit mein weißes Kleid.

An dieser Erinnerung war das einzig Schöne, dass ich ein Zeichen von meiner Jolanthe bekam, die mir damit sagte: „Hi Mami, ich bin unterwegs und rette dich!"

Lächelnd nippte ich an meinem ekelhaften Wein und schaute auf den alten Dom, der so herrlich mit einem warmen Licht in Szene gesetzt war.

„Ich glaube, ich war die erste und einzige Braut im ganzen Universum, die per Anhalter zur Kirche gefahren wurde", flüsterte ich kopfschüttelnd und schluckte die Neige meines Weines auf ex runter.

Erleichtert blickte ich in mein neues Wohnzimmer und dankte dem Universum für meinen Tapetenwechsel und nicht nur das. Gott sein Dank habe ich nach über zwanzig Jahren die Zeichen des Universums verstanden. Der Mann war entsorgt und in andere Frauenhände recycelt. Und den blöden Fernseher, der mich gerade so schamlos an meine Hochzeit erinnerte, den werde ich an die Bewohner eine Etage tiefer verschenken! Dennoch befreite mich der Gedanke mit der edlen Spende nicht davon, weiter zu grübeln. Heutzutage lässt sich eine Zwanzigjährige nicht so schnell einlullen. Nee, sie würde sich erst gar nicht fragen lassen. Eher würde sie sagen: „Frag mich das in zwanzig Jahren noch mal."

Aber ich, ich müsste für meine außergewöhnliche Dummheit im Nachhinein noch gewaltig Prügel beziehen.

Müde und erschöpft vom Tag wollte ich es den Kindern gleichtun und auch schlafen gehen. Ich gab mir dennoch einen Ruck und kramte die Pizzaschachteln zusammen. Als ich sie so aufeinandergestapelt in den Händen hielt, zog sich mein Magen zusammen. Diesmal stieg keine amüsante Erinnerung in mir hoch. Ganz im Gegenteil, diese tat weh. Oh Gott, ja ...

Jedes Mal, wenn wir in einer Pizzeria gegessen haben, wollte er mir einen Salat aufzwingen. Essen gehen mit meinem Mann war für mich die reinste Hölle: „Also Schatz, die Bluse saß auch mal besser" oder: „Habe ich vorhin gesehen, dass du dich, um die Hose zuzukriegen, auf das Bett legen musstest" und: „Wenn du jetzt Pizza oder Pasta isst, brauchst du die nächsten Wochen eine Nulldiät"! Es gab noch weitaus mehr Sticheleien, die er mir an den Kopf warf.

Warum habe ich mir das alles nur gefallen gelassen? Gehöre ich etwa zu den Sadomaso-Typen, die sich gerne erniedrigen lassen? Wohl kaum ...

Doch warum tut man das? Weil man seinen Selbstwert mit dem Ehering abgegeben hat. Punkt. Ich habe mich freiwillig wieder in die Zeit der Erniedrigung und der Diskriminierung manövriert. Und warum? Weil ich eine gute Ehefrau sein wollte. Wie bescheuert.

Heute weiß ich, dass eine gute Ehefrau sagen darf, was ihr nicht passt. Ansonsten – kann er ja gehen ... oder sie!

Und was habe ich gemacht. Ich wollte ihm gefallen. Und drängte mir unzählige Ernährungsweisheiten auf.

Oftmals stellte ich die komplette Ernährung auf Trennkost um. Ich kam nur nicht so richtig mit dem Brot klar. Vor dem Obst – nachher – oder besser gar nicht? Meine Kinder, die notgedrungen diese Umstellung mittrugen, litten mit mir zusammen unter so extremen Blähungen, dass wir das Haus nicht mehr verlassen konnten. Das war so grauenvoll, dass wir nachts unsere Bettdecken wegschossen oder sie einen Meter über uns schwebten. Schade eigentlich, dass der Mann neben mir von dem Giftgasanschlag nicht gestorben war.

Ich informierte mich daraufhin, was Ernährungsberater dazu sagten, und stellte fest, dass sich Brot und Obst nicht vertragen. Also strich ich das Brot und verabreichte den Kindern und mir noch mehr Salat und Rohkost. Doch das war wohl auch nicht das Richtige, denn eines Morgens erklärten mir Jolanthe und Moritz am Frühstückstisch, dass sie überall am Körper einen Juckreiz hätten, der ihnen sehr zu schaffen machte.

„Eva, ich kann nicht mehr, das juckt überall", sagte Moritz und kratzte sich demonstrativ am Hintern, an den Armen und den Beinen. Jolanthe kratzte sich zur Unterstützung mit Leidensmiene am Kopf.

Oh je, dachte ich und ging im Geiste die Kinderkrankheiten durch. „Scheiße. Ihr werdet doch nicht die Masern oder Windpocken kriegen? Oder euch gar mit Streptokokken angesteckt haben?"

„Nee du, glaube ich nicht. Ich gehe davon aus, dass uns gerade ein Fell wächst. Denn meine Schneidezähne sind auch schon etwas länger geworden!"

„Man kann sein Geld nicht schlechter anlegen als in ungezogenen Kindern."

Wilhelm Busch

Des Hexenzahns Schicksal

Vielleicht begann meine wahre Geschichte oder zumindest meine Hexenlaufbahn an dem Tag, als ich beschloss, zum Zahnarzt zu gehen. Denn an jenem Dienstag (wieder mal Dienstag) sollte mir etwas genommen werden, das ich später als Glücksbringer um den Hals tragen sollte und als alternatives Symbol für den scharlachroten Buchstaben ‚H' für Hexe.

Ich hasse Zahnärzte. Seit meiner Kindheit habe ich eine Manie, was diese Weißkittel anging. Ungern kam ich in die Nähe einer Zahnarztpraxis. Der beißende Geruch schlug einem schon vor dem Haus entgegen und forderte auf, schnellstens den Heimweg wieder einzuschlagen.

Selbst die Patienten versetzten mich in Panik. Mit ihren verbissenen Gesichtern konnte man glauben, dass sie Mister Hanky am Rauskommen hinderten. Ihre eigene Angst projektierte sie von Stuhl zu Stuhl. Jeder guckte jeden mitleidig an, und wenn einer aufgerufen wurde, dann schickte man eine innere Anteilnahme mit einem zaghaften Lächeln mit auf den Weg ins Behandlungszimmer. Bei keinem anderen Arzt hatte das Mitleid so hohe Priorität wie beim Zahnarzt.

Unterstützt wurde es tatkräftig vom Handwerkzeug, den üblen Geräuschen des Bohrers und dem echoartigen Widerhallen, wenn an den Zähnen geschabt wird. Dieses Geräusch ist zum Weglaufen und verbreitet noch mehr Panik. Ich glaube, dass sich alle Patienten immer wieder sagen: „Bei drei gehe ich!"

Was mir ebenso krass auffiel, war das erleichterte Seufzen der Menschen im Wartezimmer, wenn der eigene Name noch nicht aufgerufen wurde.

Und meine durchaus sinnvolle Ablenkung bestand darin, die Leute zu zählen, die vor mir an der Reihe waren – sechs, fünf, vier, drei –, bei drei Patienten vor mir begann ich schon mit mir zu hadern, die Praxis still und heimlich wieder zu verlassen und einen neuen Termin über ein Wegwerftelefon zu vereinbaren.

Ja, am besten auf den 29. Februar im Schaltjahr, und den dann auch noch vergessen!

Dass ich Zahnärzte hasse, erwähnte ich ja bereits. Warum? Weil man ihnen auf diesem komischen Stuhl, der in eine Liegeposition gebracht wird, so hilflos ausgeliefert ist. Man kann nicht schnell wegrennen, ohne diesen Bestecktisch, den die Sprechstundenhilfe als großes Hindernis halb über einen positioniert, durch den Raum zu kippen, um sich dann wie 'ne Oma aus dem sesselartigen Monstrum zu hieven.

Es war nicht so, dass jemand hätte sagen müssen: „Schließ bloß den Mund!", weil meine Zähne so schlecht sind. Nein, ganz im Gegenteil, ich hatte einen einzigen Zahn, der mich störte. Der schief nach innen stand und mein Lächeln weniger attraktiv aussehen ließ. Anderen fiel er nicht besonders auf, weil ich meinen Kaugummi immer hübsch davor platzierte, wenn ich lachte. Ich kaschierte den Zahn einfach weg. Er störte mich ungemein und verursachte Komplexe, die mir zu schaffen machten.

Somit vereinbarte ich einen Termin, um dem Übel entgegenzuwirken. Natürlich war der nette Arzt gleich Feuer und Flamme, mich unter seine Zange, seinen Bohrer und diverses anderes Werkzeug zu kriegen. Ich saß in mehreren Sitzungen auf seinem Lederstuhl wie in einer Sauna. Ich schwitzte meine Angst in den Stuhl. Man stellte sogar die Klimaanlage auf volle Kraft, um mich zu kühlen. Die Spritzen, die man mir verabreichte, konservierte ich in einem Flüssigkeitsdepot im Wangenknochen. Nichts wurde taub, aber alles wurde dick und mein linkes Auge klein. Ich fühlte mich wie Quasimodo, mit dem Buckel im Gesicht.

Als der Arzt mit Grauen feststellte, dass ich im Gesicht zwar entartete, aber meine Lippen in keiner Weise an der Schwerkraft litten, stellten sich bei ihm langsam und sachte die Nackenhaare auf. Jetzt war ich nicht mehr allein mit meiner Manie, er bekam jetzt auch das Flattern.

Nach der fünften oder sechsten Injektion wurde nicht mehr gezählt. Meine Mundflüssigkeit veränderte sich langsam zu Sabber und der Sabber wurde zum Schaum im Mund. Ich spürte, wie mir Pickel auf den Lippen wuchsen, eitrige, aufgeplatzte, widerliche, fette Furunkel. Mit verschränkten Armen saß der Arzt kopfschüttelnd vor mir und sagte: „Mausi, ich weiß nicht mehr, was ich mit dir noch machen soll. Das, was ich jetzt in dich reingepumpt habe, tötet normalerweise einen Ochsen, aber bei dir bleibt mir wohl oder übel nur noch der Schlagstock, um dich taub zu kriegen!"

Ich denke, er zweifelte an seinem ganzen harten Studium und wünschte sich die Zeiten zurück, als der Zahnarzt noch den Hochprozentigen aus dem Ärmel zog und bei Hartnäckigen wie mir die geballte Faust einsetzte, um den Zahn zu lockern oder gleich herauszuschlagen.

Irgendwann wurde ich von zarten Frauenhänden in die Kopfstütze des Stuhls gedrückt, der Arzt kniete sich fast auf mich – in der rechten Hand die Zange – und setzte zum Zuge an. Unter Ohnmachtsanfällen und dicken Kullertränen gab ich endlich den Zahn her, der mich mein Leben lang geärgert hatte. Mit Knirschen und Knacken löste er sich aus meinem Kiefer und wurde mir als blutige Trophäe vor die Nase gehalten.

„Da ist der böse Hexenzahn!", sagte der mit Schweißperlen übersäte Mann in Weiß.

Liebestreu und Grausamkeit:
„Ich bin der Doktor, der Wundermann, ihr
Herrn und Damen, kommt heran! Ja, ohne viel
zu renommieren: Ich kann jedes Ding kurieren."
Wilhelm Busch

Drei Tage kühlte ich mit einem Eisbeutel meine angeschwollene Wange und versuchte mit verschiedenen Räucherungen meine Schmerzen zu lindern. Meine Kinder waren in diesem Zeitraum auffällig lieb und friedlich – kein Keifen, kein Gezicke und Gezeter. Ich fragte mich, ob sie irgendwelche Tabletten geschluckt hatten, die sie in diesen Zustand der Ausgeglichenheit und Höflichkeit versetzten. Doch erleichtert stellte ich einige Tage später fest, dass meine Kinder nicht drogenabhängig waren und kein T-Shirt tragen mussten, auf dem stand: Bin passiver Kiffer – danke Mama! Sie betitelten sich zu meiner großen Freude bald wieder mit Nettigkeiten, die man nur unter Geschwisterliebe abhaken sollte.

Laienplädoyer oder eben die wahren Worte einer Frau

Aufgrund der Trennung hatte ich meinen Beruf als Dauerhausfrau und Mutter an den Nagel gehängt und mir einen Job gesucht, der nicht wirklich zu mir passte: Außendienst und Verkaufen – Firmen und Privatleuten diverse Dinge aufquatschen, die sie nie im Leben benötigten. Mein Ungemach gegenüber dieser Arbeitsstelle und deren heiliger Männerwirtschaft machte sich in äußerster Gereiztheit in meinem Bauch bemerkbar – um ehrlich zu sein: Es brodelte recht heftig in diesem!
Hierzu könnte ich verlauten lassen: Der Widersacher oder auch der Satan ist die moderne Frau.

„Ich bin nach der Scheidung über mich hinaus gewachsen", sagte die US-Schauspielerin Kim Basinger. „Und das Gute ist: Heute bin ich reifer und erfahrener."

Oh je! Ich kann mich auch noch sehr gut daran erinnern, als ich meiner Mutter sagte, ich hätte den Mann fürs Leben gefunden, und dass es eine absolute Liebesheirat wird. Obwohl man da schon ganz genau weiß oder zumindest eine winzige Spur einer Ahnung hat, die einem den Hinweis liefert, gelogen zu haben.
Aber ich glaube, ich war mit diesem Fehler nicht allein! Mit mir machten diesen Fehler geschätzte zweiundsechzig Prozent aller Ehefrauen, vielleicht auch mehr. Ich gehe davon aus, dass sich die Dunkelziffer noch erhöht durch die Frauen, die sich nicht trauen, ihren Noch-Partner zu verlassen. Wie auch immer und wo auch immer stand jede Einzelne von uns vor dem Wörtchen ‚Liebesehe'.
Aber ist das nicht, als wollte man Blitz und Donner mischen? Wir nehmen die Zutat Gesetz und mischen sie

mit einem Gefühl. Also Ehe und Liebe! Diese Zutaten werden dann schön gerührt und nicht geschüttelt, was bedeutet, sie werden zwangsvereinigt.

Und unsere gestiegenen Ansprüche an die Vorstellung, wie der Partner funktionieren und eine Partnerschaft ablaufen sollte, begrenzt die Dauer dieses Vertrages. Doch irgendein schlauer Doktor meinte, wenn wir in einer Partnerschaft bei der Qualität Abstriche hinnehmen, können wir die Dauer der Verbindung um einige Zeit verlängern. Erstaunlich, was? Das war natürlich wieder ein Argument, bei dem ich hätte platzen können vor Lachen. Wir sollen zurückstecken, wo wir uns endlich global intrigiert haben und immer mehr Frauen Führungspositionen besetzen, wo es vor Jahren noch hieß: „Davon verstehst du nichts. Mach mir mal ein Schnittchen."

Wo wir wieder bei meiner Einleitung angekommen sind, in der Oscar Wilde sein Zitat gab:

> „Die Frau ist kein Genie, sie ist dekorativer Art.
> Sie hat nie etwas zu sagen, aber sie sagt es so hübsch!"

Wie niedlich, oder? Ob die Männerwelt, der er damit imponieren wollte, zu der Zeit schon wusste, dass er bisexuell veranlagt war? Dem Armen folgte die Strafe auf dem Fuß. Wegen homosexueller Unzucht musste er zwei Jahre einsitzen und harte Zwangsarbeit erledigen. Heute gehen wir dafür auf die Straße. Frauen für die Gleichberechtigung für Schwule. Erste Ansätze für Frauenbewegungen kamen von der Französin Olympe de Gouges. Sie forderte bald nach der Bekanntmachung der Menschen- und Bürgerrechte 1789 die gleichen Rechte für Frauen.

Ich möchte noch einmal betonen, seit 1789 wird für unsere Gleichberechtigung gekämpft! Wenn ich mich jetzt 2016 wieder in einer Ehegemeinschaft auf Schürze und Küche reduzieren lasse, dann waren alle Aufstände umsonst. Dann stehe ich nicht mehr im gleichberechtigten zwanzigsten Jahrhundert, in dem die Frau ihren Mann steht und dem starken Geschlecht im Ideenreichtum und kreativen Business weit voraus ist. Solche Frauen sind Gott sei Dank kein Einzelfall. Frauen wollen bewegen und nicht eingesperrt werden! Sie wollen Macht statt angebranntes Essen.

Wir haben und zeigen unsere Ansprüche mit Kind und Kegel oder auch ohne. Wir packen das schon – weil wir wollen!

Oh je, ich glaube, ich bin kurzfristig von meiner eigentlichen Aussage abgekommen. Denn es ist leider immer noch so, dass Frauen, die ihren Mann stehen, trotz Emanzipierung von der Männergesellschaft im selben Beruf belächelt werden. Und das macht mich sehr wütend.

„Die beiden schwachen Seiten unseres Zeitalters sind seine Grundsatzlosigkeit und seine Physiognomielosigkeit."

Oscar Wilde

Bitte einmal in Luft auflösen

Ja, nun war ich an einem besonderen Punkt angelangt. Meine eigenen Belange forderten so viel von mir ab, dass ich auch meine Kinder nicht mehr wahrnahm. Neben meinem Job im Außendienst wohnte ich ständig in irgendwelchen imaginären Gesprächen, die mir meine Zeit raubten, aber meine Zukunft sichern sollten. Ich war in allen Situationen meine eigene Anwältin. Ich bereitete mich auf alles Mögliche vor und hielt erstaunliche Reden gegen meinen Noch-Ehemann. So beförderte ich mich in sämtliche Instanzen der Berufungsgerichte, obwohl es nicht einmal so weit war oder überhaupt daran zu denken gewesen wäre. Aber ich wollte gut vorbereitet sein. Na ja, und dann passierte eben das: Ich habe die Kinder an der Schule einfach stehen gelassen. Schulranzen und Turnbeutel wurden noch in den Kofferraum geladen, hab mich ins Auto gesetzt und bin losgefahren. Aufmerksamkeit erweckten sie erst, als sie schreiend neben dem Wagen herliefen – oh je, was für ein Elend! Asche auf mein Haupt ... und das, weil ich mal wieder imaginäre Stellung beziehen musste. Wo auch immer.

Ich brauchte dringend Urlaub, Erholung und Entspannung, um zu mir selbst zu finden. Das Einfach-mal-raus-Syndrom machte sich in meinen Gedanken breit.

Koffer packen und abhauen ist eine Möglichkeit. Aber Kinder, Hund und Katzen kann man nicht einfach mal für eine Woche an den Haken hängen. Ich würde für eine halbe Stunde Ruhe alles geben. Jeden Mittag klingelte pünktlich um Viertel nach eins mein Autotelefon: „Mama, was essen wir?"

Sollte ich heute schon wieder Delikates aus der Dose anbieten? Oder Tiefkühlkost? McDonald's! Hocherfreut über meinen Einfallsreichtum gab ich meine Idee an eine meiner zehnköpfigen Raupen weiter.

„Iihhh, das hatten wir doch gestern erst!"

Echt?

Der Unmut meiner Tochter war mir sicher. Bildlich hatte ich das Gesicht meines Kindes, das ich unter Folter auf die Welt gebracht hatte, vor mir. Ich hätte dem Arzt damals schon sagen sollen: „Lassen Sie sie da, wo sie ist – es ist besser für mich und für alle, die es mit ihr zu tun kriegen!"

Ich sah meine Tochter mit dem Hörer in der Hand.

Ihre Nasenflügel bebten und die Augen wurden unter die Decke gedreht. Vorsichtig versuchte ich es auf ein Neues. „Wie wäre es mit Spaghetti Bolognese?"

„Das ist schon besser. Wann bist du hier?", knurrte mir der Magen meiner Tochter durch das Telefon grollend entgegen.

„Bin schon vor der Haustür. Leg auf und mach die Tür auf", ächzte ich, als ich meine schier unbändigen Rückenschmerzen aus dem Wagen hievte. Ich freute mich, zu Hause zu sein. Ab aufs Sofa, Zeitung, Kaffee und Kekse wollte ich gebracht kriegen, nebenbei wäre auch eine Fußmassage eine durchaus erträgliche Abwechslung.

Aber nein, ich war ja Mutter!

Bis zu welchem Alter konnte man die Kinder eigentlich zurückgeben, wenn man die Faxen dicke hatte? Ich musste einmal die Kaufverträge auf Umtausch abchecken, denn ich hatte die Befürchtung, dass ich die beiden nie wieder loswerden würde!

Trautes Heim, Glück allein. Hartnäckig suchte ich noch nach dieser Stelle, die mir auf mystische Art und Weise verborgen blieb!

Mein Sohn, den ich nur den Brasilianer nannte, weil er die Begabung besaß, ohne Luft zu holen, sechs Stunden Schule in fünf Minuten zu erzählen, öffnete mir die Tür. „Mama in der Schule, ne ... Mama, um drei muss ich bei Thomas sein! Mama, ich habe eine Fensterscheibe in der Turnhalle kaputt gemacht! Mama, ich brauch noch für morgen ein neues Diktatheft! Mama, meine Lehrerin ist bestimmt eine Sexlose ... der kann man nichts recht machen! Mama, kann ich eine Handykarte haben? Mama, ich muss morgen 5 EUR mit in die Schule bringen!"

Mir brummte der Schädel. Welche Frage soll ich zuerst beantworten? Wie war die erste überhaupt noch einmal? Und die letzte? Ach ja, Schule ... immer diese Kosten für die Schule, bin ich denn ein Dukatenscheißer? Beim nächsten Elternabend melde ich meine Kinder von der Schule ab.

Wenn ich sparen möchte, wäre das eine gute Alternative. Aber dann habe ich schon früh am Morgen die Frage nach dem Essen. Oh mein Gott, warum haben Kinder immer Hunger?

Noch in meiner dicken Winterjacke begann ich zu kochen. Meine drei Katzen hüpften auf die Arbeitsfläche. Gismo versuchte sich etwas Hackfleisch zu erhaschen, Garfield war so voller Freude, mich zu sehen, dass er sich, um seine ganze Aufmerksamkeit zu bekommen, mitten auf den Herd pflanzte, und meine kleine Gisela versuchte sich an mir hochzuziehen und mir sabbernd

Köpfchen zu geben. Die Krönung des Ganzen war allerdings unser Hund Gustav, der mit ausdauerndem Elan seinen Hormonhaushalt an meinem Bein zu regulieren versuchte.

„Wer gibt den Tieren bitte einmal was zu fressen?", war meine Frage in das Kindergeblubbere ohne Punkt und Komma. Das ganze Drumherum machte mich inzwischen nervös, aber das schien mal wieder niemanden zu stören. Ich musste feststellen, dass ich die falsche Frage gestellt hatte.

„Ich habe erst gestern was zu fressen gegeben. Moritz ist dran!", sagte Jolanthe und boxte ihrem Bruder auf die Schulter. Na toll, ich wünschte mir, zaubern zu können. Ich würde mich wegzaubern! Aber wohin? Ich will eine Hexe sein, die einfach mit der Nase wackelt und sich auf ihren Besen schwingt und durch den Schornstein das Weite sucht! Doch wohin sollte ich fliegen? Mit Sicherheit irgendwohin außerhalb des Erdballs, wo ich das Gezeter, Gemeckere und Gekreische nicht mehr hören musste. Das ist ein absolut genialer Gedanke: Mit meinem wohlverdienten Pott Kaffee und leckeren, selbstgebackenen Keksen das Schauspiel, das die Kinder sich gaben, von einem weit entfernten Stern aus beobachten. Eine Hand an der Ohrmuschel – horchen – alles leise! Und dann die Ruhe genießen.

Ich guckte auf die Uhr, um zu kontrollieren, in welcher Rekordzeit meine Kinder den ersten Streit bekommen hatten. Exakt drei Minuten!

Tja, Hexenkunst ist etwas, was ich leider noch nicht wirklich beherrschte! Noch nicht, wohlgemerkt. Ich kann nur schnell rennen, wenn es brenzlig wird, und die Kinder in den Keller stecken und den Keller unter Wasser setzen!

Kopfschüttelnd stand plötzlich der Geist von Hazel Scott neben mir, als könnte sie Gedanken lesen (dabei war sie doch Musikerin, keine Therapeutin) und sagte: „Leotine, es kommt die Zeit, wo man seinen Kindern erklären muss, warum sie da sind, und es ist etwas Wunderbares, wenn man dann den Grund weiß."

Ups, ob das sitzen sollte?

Ich bin ja nicht auf den Kopf gefallen und gab leise zurück: „Also Hazel, das ist so: Irgendwann habe ich die Kinder mal auf dem Bahnhof getroffen und seitdem laufen sie mir hinterher. In Wirklichkeit kenne ich sie gar nicht!"

Daraufhin zog ich schnell den Kopf ein, um keine in den Nacken zu kriegen. War aber nicht nötig, denn der Geist hatte sich wieder in Luft aufgelöst. Mein Schutzschild gegen schlaue Sprüche (das auch schon bei meinem Vater geholfen hatte) wirkte, sie war wieder ‚Back to Trinidad'. Mit einem zarten Klopfen, ausgelöst von einer Kinderhand auf meinem Rücken, wurde ich in die Gegenwart zurückgeholt.

„Hey Eva! Hallo, einer zu Hause? Ich habe dich schon tausend Mal gerufen. Du guckst mich an, aber du siehst mich nicht, und dabei kratzt du dir immer so komisch am Kinn. So siehst du richtig bescheuert und dämlich aus!", meinte Moritz und feierte für sich ein innerliches Fest, indem er sich kaputtlachte. „Fährst du mich jetzt zu Thomas? Der wartet schon."

Zappelnd und in Eile, ohne eine Antwort abzuwarten, zog er seine Stiefel und die Jacke an und rannte aus dem Haus. Dabei fiel mir auf, dass ich meine Jacke immer noch nicht ausgezogen hatte.

„Kannst du meine Taschen mit ins Auto tragen?", rief er mir auf dem Weg zur Garage über die Schulter zu. Mein Blick legte sich auf fünf ordentlich nebeneinandergestellte Taschen. Ein großer Schreck durchfuhr mich: *Oh je, mein Kind ist auf der Flucht.* Ich wusste es schon immer: Ich würde die Kinder sehr früh aus dem Haus jagen. Doch das Alter, das ich ihnen gesetzt hatte, war mit achtzehn Jahren, nicht mit dreizehn und fünfzehn.

Seufzend stand ich vom Tisch auf und sah, dass meine Spaghetti wohl doch nicht gegessen werden wollten und die von den Kindern auch nicht. So viel zu: „Mama. Ich habe Hunger! Was essen wir?"

„Lebensklugheit bedeutet, alle Dinge möglichst wichtig, aber keines völlig ernst zu nehmen."
Arthur Schnitzler

Der Ruf von alten Hallen

Während wir das Haus verließen, klingelte nach einer guten Stunde mal wieder das Telefon. Ich hatte schon gedacht, es sei kaputt, denn normalerweise klingelte es ununterbrochen.

Ich meldete mich mit singendem, überfreundlichen Ton, denn man konnte ja nie wissen, welcher Kunde von mir schlecht beraten worden war und den Chef verlangte: „Sommer!", flötete ich.

„Guten Tag, Frau Sommer! Hier ist Frau König. Die Klassenlehrerin Ihres Sohnes Moritz, falls Sie sich erinnern. Ich möchte Sie morgen Nachmittag um fünfzehn Uhr zu einem Gespräch bitten!"

Na toll! Mein Bauchgefühl verriet mir nichts Gutes. Eine Aufforderung in die Schule – wo ich mir doch beim Leben meiner Mutter geschworen hatte, nie wieder eine zu betreten. Ich stimmte unwillig zu und fragte mich, was mich morgen in dieser Einrichtung erwartete.

Ich schielte zu meinem Jungen, der selbstvergessen den Dreck unter seinen Fingernägeln hervorkratzte und sagte: „Das war Frau König. Du hast nicht zufällig eine Ahnung, warum ich morgen um drei in der Schule antanzen darf?"

„Nö, null Ahnung. Aber bei der kann man eh machen, was man will. Nie, aber auch nie macht man was richtig. Die ist total zickig!", murmelte er und beobachtete aus dem Seitenfenster des Autos das Wolkenspiel am Himmel. Ich kannte ihn und wusste, dass er wusste, dass es besser war, erst einmal den Mund zu halten. Und mir als seiner Anwältin blieb nichts anderes übrig, als ein hervorragendes Plädoyer zu halten. Denn ich ahnte Böses ... wie hatte er sich doch ausgedrückt: „Mama! Ich glaube, meine Lehrerin ist eine Sexlose ..."

Scharf sog ich die Luft zwischen den Zähnen ein und überlegte angestrengt, wie ich diesen Spruch verharmlosen konnte.

„Die Gärtner sind nicht die einzigen, die wissen,
was ihnen blüht."

Hans Clarin

Pünktlich um 14.58 Uhr stand ich am nächsten Tag mit Moritz vor dem Klassenzimmer. Wir sahen uns noch einmal an, seufzten uns zu und klopften an die Tür.

„Herein bitte", erklang es mit fester, strenger Stimme. Na ja, so eine Aufforderung kann man schlecht ausschlagen. Oder? Mit äußerster Vorsicht drückte ich die Klinke herunter, schob zaghaft die Tür in den Raum und es schlugen mir alte, wohlbekannte Erinnerungen entgegen, die mich zum Weglaufen animierten.

„Ah, Frau Sommer. Schön, dass Sie es geschafft haben, meiner Einladung zu folgen", sagte Frau König und gab mir freundlich die Hand. Das musste ein Missverständnis sein! Eine Einladung sah anders aus, das war eher eine Vorladung zum Prozess.

Mit einer Geste zeigte sie uns, dass wir auf den Kinderstühlen Platz nehmen sollten. Ich überlegte, ob ich mich in die letzte Reihe setzen sollte – ich hatte schon immer auf einem großen Sicherheitsabstand zwischen mir und dem Lehrkörper bestanden. Ich hatte meine Abneigung gegen die Schule nie wirklich abgelegt. Meine Lehrkräfte konnten mich nie richtig leiden. Sie haben die Köpfe so lange zusammengesteckt, bis die Konferenz der Konferenzen entschieden hatte, mich frühzeitig aus der Schule zu entlassen! Die Einzige, die mich bis heute noch lieb hat, war die damalige Rektorin. Doch sie war sehr krank und musste die Schule genauso schnell verlassen wie ich. Meine Geschwister, die mir auf diese Schule folgten, hatten schlechte Karten. Bei meinem Bruder fragten sie dann vorsichtig, wie viele von unserer Sorte denn noch kämen? Sie hatten Glück, er war der Letzte!

Ein ungeduldiges Räuspern von Frau König holte mich in die Gegenwart zurück und ich nahm vor ihrem Schreibtisch Platz. Nachdem sie ihre Gedanken sortiert hatte, räusperte sie sich ein zweites Mal und legte los.

„Frau Sommer. Ich bin mit Moritz' Verhalten seinen Mitschülerinnen gegenüber ganz und gar nicht einverstanden! Wie Sie sicherlich wissen, planen wir eine Veranstaltung, für die wir mehrere Tänze mit den Schülern einstudieren."

Ich schielte Moritz von der Seite an und zuckte die Schultern. Hatte ich etwas verpasst? Moritz machte große Augen und nickte unmerklich: Nicht verpetzen, Mama!

Jetzt wurde es interessant. Was hatte mein Junge denn so auf dem Kerbholz?

„Frau Sommer, Ihr Sohn weigert sich, mit den Mädchen zu tanzen. In seinen Augen bewegen sie sich wie Rindviecher und erhellen den Raum erst wieder, wenn sie ihn verlassen!"

Ich musste mir sehr stark das Lachen verkneifen. Dafür sollte ich mich hier sehen lassen? Das war doch ein Scherz? Das war alles? Aber sie war noch nicht am Ende. Offensichtlich suchte sie nach Worten, um etwas zu schildern, was nicht so einfach schien.

Abwartend und mit bestätigendem Kopfnicken forderte
ich sie auf, endlich mit der Sprache herauszurücken.
Verlegen räusperte sie sich ein drittes Mal und sprach
mit verändertem Tonfall: „Nachdem ich ihn dann auf-
gefordert hatte, den Raum zu verlassen – das war
schließlich eindeutige Arbeitsverweigerung –, meinte
er, dass ich sexlos wäre! Was auch immer das Kind
glaubt, damit zu meinen!"
Jetzt schossen mir sämtliche Farben ins und aus dem
Gesicht. Mir wurde heiß und kalt. Ich schwitzte und
fröstelte gleichzeitig und Schweißperlen der Angst sammelten sich unter meiner Nase. In meinem Ohr hörte
ich lautstark ein Megafon, das mich einlud, mich auf einer Raketenstartbahn einzufinden.
Es schrie: „Für Mütter kostenlos und zügig – um
schnell Peinlichkeiten in der Winzergasse auf dem Pla-
neten Erde zu entrinnen – die letzte Chance, in Lichtge-
schwindigkeit den Erdboden hinter sich zu lassen!"
Für den Schlussakt der Komödie hatte ich mich wieder
im Griff. In klassischer Bühnenreife wurde ich wieder
Herrin der Lage und meiner selbst. Mit einer abwinkenden, lockeren Handbewegung antwortete ich der
entrüsteten Klassenlehrerin: „Frau König. Sie als erfah-
rene Pädagogin wissen doch, dass manche Kinder einfach zu viel Fantasie haben! Und Sie, ein exzellent ge-
schultes Wesen, sollten doch mit einem aufgeschlosse-
nen Augenzwinkern über solchen Neckereien stehen!
Oder?"
Ich machte mir ihre Sprachlosigkeit zunutze, indem ich
mich für die Arbeitsverweigerung meines aufsässigen
Kindes entschuldigte. Und damit sie sah, dass ich hin-

ter einer Bestrafung stand, versuchte ich, meinen Sohn streng anzusehen. Genauso, wie es seine Schwester hasste. Jolanthe hatte einmal gesagt, dass ich, wenn ich sie böse ansehe, aussehen würde wie eine Hexe ohne Wimpern. Und das würde ihr dann Angst bereiten. Also sah ich Moritz an wie eine Hexe ohne Wimpern.

Auf dem Weg zum Auto legte ich den Arm um seine Schultern und sagte: „Du, das mit der Sexlosen fand ich echt scheiße! Aber das mit den Rindviechern ist klasse, wo hast du das denn gehört?"

„Das habe ich aus dem Fernsehen", kam es geknickt von seiner Seite.

„Hey, dafür kriegst du von mir eine Eins für hervorragende Aufmerksamkeit vor dem Fernseher."

Jetzt wusste ich genau, dass er seinen Weg machen würde. Der Spruch hätte auch von mir sein können. Es stand 1 : 0 für Moritz.

„Man sollte sich nicht schlafen legen, ohne sagen zu können, dass man an dem Tage nicht etwas gelernt hätte."

Georg Christoph Lichtenberg

Von Mutter zu Mutter

„Du sollst mit den Kindern reden, nicht zu ihnen!" Das war ein guter Ratschlag meiner Mutter an einem x-beliebigen sonnigen Tag, an dem sie ihre Rosen schnitt und einen auf Therapeutin machte. An diesem Tag wollte ich als Tochter von einer erfahrenen Mittsechzigerin eigentlich nur eine Erklärung, wie ich mit ihrer Enkeltochter Jolanthe in ihrer frühzeitigen Umgestaltung vom Mädchen zur Frau umgehen sollte. Ob sie diese Sprüche an ihren imaginären Nachkommenschaften schon ausprobiert hatte? Ich weiß noch, dass sie mir ihre Meinung wie mit Donnerschlägen einbläuen wollte.

„Willst du mit dir allein diskutieren oder darf ich auch mal was sagen?", fragte ich gereizt und stopfte wütend trockene Rosenblüten in die Biotonne.

Wann ist einem Elternteil eigentlich bewusst, dass man mit den Kindern redet oder zu ihnen spricht – so eine bescheuerte Weisheit macht mich verrückt. Soweit ich mich erinnern kann, hat meine Mutter nur zu mir gesprochen. In etwa so: „Mach dies! Lass das! Geh so! Das geht nicht!" Und so weiter. Es waren Befehle, denen ich mich unterordnen musste. Oder sollten das Ratschläge sein? Keine Ahnung! Auf jeden Fall bin ich nun dreißig Jahre weiter und mach immer noch das, was ich für das Richtige halte. Kurz gesagt: Ich kam mit ihren Weisheiten nicht weiter.

„Du solltest ihre Privatsphäre akzeptieren. Dann kommt es auch nicht mehr so häufig zu euren Auseinandersetzungen!", meinte meine Mutter.

Ah, darüber schreibt meine Tochter laufend in ihrem Tagebuch, dachte ich. *So was wie Privatsphäre kam auf den letzten Seiten häufiger vor!*

Ist damit vielleicht verhandeln, feilschen oder so was gemeint? Sie sagt A und ich sage so was wie B, was ein indiskutables Nein bedeutet? Mein Gott, ich war doch nicht so schwierig als Kind. Bevor man Mutter wird, sollte man erst einmal Schulungen, Seminare und Psychologiekurse besuchen und sich einen Akademikertitel holen. Der wäre durchaus notwendig in der Erziehung von Halbwüchsigen mit einem Dickkopf. Mein Baby befindet sich nun in ihrer Pubertät. Ständig frage ich meine Mutter, ob ich mich genauso störrisch, dickköpfig und unkooperativ verhalten habe. Sie meinte, dass meine Tochter doch irgendwie von mir abstammt, es sei denn, ich habe sie adoptiert oder vorm Aldi geklaut. Ich entschied mich insgeheim für die zweite Version. Kann nicht schaden, alles auf andere abzuwälzen: Vater und Mutter unbekannt verzogen und Genanalyse fehlgeschlagen. Nachdem ich eine Zeit lang das Jungen- und Mädchen-Geplänkel beobachtet und belauscht hatte, fragte ich meine Kleine zufällig und ganz nebenbei, ob sie inzwischen schon mit der Zunge geküsst hat oder es immer noch als ekelig und abartig findet, andere Zungen in ihrem Mund zu haben. Sie meinte dazu nur ungemein trocken: „Mama, schon lange!"
Erstaunt hakte ich nach: „Wann? Wie? Erzähl mal!"
„Mama! Irgendwann hat er mich mal geküsst und mir seine Zunge in den Hals gesteckt. Ich habe mich erst voll erschrocken, aber dann doch mitgemacht. Das war schon ein richtig komisches Gefühl im Mund und das hat auch noch gekitzelt!"
Ach, meine Kleine wird groß. Ich weiß noch, wie schlecht mir war, als sie das erste Mal einen Tampon

benutzt hat. Ich hätte heulen können, es kam mir vor, als hätte sie einen Riesenschritt auf dem Weg zur Frau ohne mich gemacht. Aber der nächste Schlag kam, als sie mir eines Abends auf dem Sofa, in meinen mütterlichen Armen liegend, bei einer Pizza und Rosamunde Pilcher erörterte, dass sie reif wäre, den allerletzten Schritt zu wagen. Nämlich den, die vollständige Ruinierung ihres zarten, mädchenhaften Wesens vorzunehmen! Es gibt unweigerlich Situationen, mit denen ich nicht so recht umzugehen weiß: Soll ich verständnisvoll sein oder die mittelalterliche Strenge an den Tag legen? Was ist das Richtige und was ist das Falsche? Was ist zu hart und was zu weich?

Es ist ja nicht nur allein die Einstellung und das Verhalten eines Teenies, womit eine Mutter zu kämpfen hat, hinzu kommt noch die außergewöhnliche Sprache der pubertären Menschen, die erwachsene Menschen nicht verstehen können, weil sie nicht involviert genug sind. Ich denke, dass sie mitten und neben uns ihr eigenes Leben führen und ihre eigene Sprache entwickelt haben. Was allein ein persönliches Handbuch für die Handtasche wert wäre! Das ist doch mal eine Idee, ein Nachschlagewerk mit dem Titel: Mutter – Kind, Kind – Mutter! Letztens machte ich mir vorsorglich einen kleinen Spickzettel, damit ich nicht ganz so bescheuert nachfragen musste, was mit bestimmten Aussagen gemeint war. Darauf stand ...

Abhängen – nichts tun
chillen – ausruhen
voll krass – sehr gut

Respekt – sehr gut gemacht
Pornostuhl – Untersuchungsstuhl beim Gynäko-
logen
kein Bock – lustlos
Uschi – anderer Name für Mutter, Mama, Mutti,
hab mich hingelegt – bin gefallen
Mistratte – Bruder
Penner – Bruder
Pissbär – Bruder
Pestbeule – Bruder
Asi – Bruder
ey cool – danke
passt schon – bitte
macht den Lauten – seine Meinung deutlich
äußern
voll Fett – etwas gut finden
stinkende Zündbombe – Raucher
keine Macht den Drogen – will nicht
diskutieren
bin im Element – halte mich im Zimmer auf
Schnarchnasen – Lehrer
fett das Würgen haben – Hunger
Hackfresse – unsympathischer Mann
voll Freak – Respektsperson

Wie soll man das Zwischenmenschliche verstehen, wenn man nicht einmal dieselbe Sprache spricht? Liegt es in unserem Muttergen, dass wir das Ich-verstehe-mein-Kind-Nicht und das Kind-versteht-die-Mutter-Nicht von Generation zu Generation weiter vererben? Mein Gott, ich war doch nicht …

Ich war in meinen Gedanken versunken und wirkte wohl wie ein Häufchen Elend. Aufgrund meiner hängenden Schultern und Mundwinkel wurde meiner Mutter dann klar, dass mir das Gespräch mit ihr doch sehr wichtig und notwendig war. Sie stellte ihre Schnitzereien an den Rosen ein, schob mich ins Haus und brühte uns in ihrer urgemütlichen Küche eine Tasse Tee auf.

„Na los, erzähl! Was hat sie denn nun wieder angestellt?", fragte sie nun doch sichtlich neugierig in ihre dampfende Tasse Tee. Ja, wie sollte ich jetzt anfangen?

Nun war sie urplötzlich da, diese sogenannte Denkpause, um meine Gedanken zu sortieren. Aber dann habe ich über diese Pause nachgedacht und mir überlegt: Jetzt wird sie peinlich und damit wurde die Pause zwischen uns eine dritte Person und trieb mir den kalten Schweiß auf meine Stirn und ... Ich zwang mich zu einem Räuspern, um die Pause zu beenden.

„Brüste", kam es verkrampft von meinen Stimmbändern.

„Wie, was? Was ist schwierig an dem Thema Busen? Sie ist in einem Alter, in dem sie wachsen, sich formen und vergrößern! Also Leotine, ich hätte dir zu dieser Thematik mehr zugetraut!", sagte meine Mutter und war wieder auf dem Sprung, um die Küche zu verlassen. Ich hinderte sie daran, indem ich sie am Arm festhielt und sie aufforderte, sich wieder zu setzen.

„Das war noch nicht alles, Mama!", bereitete ich sie auf das Kommende vor.

„Wie? Ist sie schwanger? Kind, mach mich nicht schwach, sie ist erst fünfzehn!"

Erschrocken fasste sie sich ans Herz und holte theatralisch Luft.

„Nein, nein! Es ging schon um den Busen der Natur!",
beruhigte ich sie und setzte an, um ihr die ganze Geschichte zu erzählen. „Also, gestern kam Jolanthe aus
der Schule und meinte, sie möchte einen Push-up haben, damit ihr Busen größer erscheint und ihre T-Shirts
nicht mehr so flach an ihr herunterhängen!"

„Ich denke, dass das eine natürliche Entwicklung ist
und nicht unbedingt besorgniserregend!", fiel mir meine Mutter ins Wort. Ich winkte ab und nickte zustimmend, denn darum ging es auch nicht.

„Sie hat seit einem halben Jahr einen Jungen in ihrer
Schule, den sie unglaublich süß findet. Finde ich auch
völlig normal in diesem Alter, ich war schließlich auch
nicht anders. Aber das, was ich ihr dazu gesagt habe,
war, denke ich, nicht unbedingt förderlich dem anderen
Geschlecht gegenüber. Ich war so überrascht, Mama,
dass mir nichts anderes einfiel!", stöhnte ich mit aufge-
stütztem Kopf.

Meine Mutter kannte mich und wusste, worauf ich hin-
auswollte. Mit einem Grinsen sagte sie: „Was hast du
ihr denn für einen Mist erzählt, dass du glaubst, sie
wird ihr weiteres Leben im Kloster verbringen wollen?"

Ich stimmte nun in das Lächeln meiner Mutter ein und
dachte mir, wie klasse es doch ist, dass mein Gedanken-
gut zum Teil auch ihres ist.

„Ich habe ihr gesagt, dass Männer auf Frauen mit
großen Brüsten zugehen, als wären sie ganz normale
Menschen. Sie halten Blickkontakt mit den Nippeln in
der Bluse, und wenn sie sich abgewendet haben, kriegen sie Gleichgewichtsstörungen, Gesichtslähmungen
und Artikulationsschwächen, die unterstützt werden

durch den Schaum vor dem Mund, der sich in der offenen Mundhöhle sammelt."

Meine Mutter unterbrach mich mit Beifall und schallendem Lachen. Sie kugelte sich bald auf dem Fußboden, heulte und stampfte mit den Füßen. Ich sah mir das Schauspiel eine Weile an, ehe ich weitersprach: „Ich führte weiter aus, dass die Männer Frauen als Transporter für Brüste sehen und den ganzen Tag Ideen für Pornofilme verwirklichen. Große Brüste lösen bei Männern einen Interruptus im Hirn aus und sie können deswegen ihrem normalen Lebensrhythmus nicht mehr Folge leisten!"

„Da hast du hervorragend die Kurve gekriegt! Wenn man bedenkt, dass das alles für einen Push-up war", sagte meine Mutter. „Ich bin sehr beeindruckt, was du als liebevolle und fürsorgliche Mutter so von dir gegeben hast!"

„Frauen lassen sich durch Schmeicheleien nie entwaffnen, Männer immer."

Oscar Wilde

Eiscreme und andere Tipps

Tage danach kamen der erste Liebeskummer und die pure Verzweiflung. Hängende Schultern, ein zu schwerer Kopf, rot verheulte, verschmierte und traurige grüne Augen trotteten durch die Wohnung. Mit einer E-Mail wurde ihr mitgeteilt, dass ihr allerliebster Schatz nicht mehr genau wusste, ob er sie noch lieb hatte. Seit Tagen hatte er sich bei Jolanthe nicht mehr gemeldet und dann so etwas. Das Mädchen war völlig am Boden zerstört und heulte von morgens bis in die Nacht hinein. Armes Ding.

Ich erinnerte mich an meine erste große Liebe, als ich uns zwei Schalen Vanilleeis mit Schokoladensoße bereitete. Drei Minuten später stand ich vor ihrer Zimmertür, legte mein Ohr an diese und lauschte. Hinter der Tür hörte ich herzzerreißendes Schluchzen und Wimmern. Vorsichtig klopfte ich an, öffnete die Tür einen Spalt und spähte hinein. Da saß meine Kleine inmitten verstreuter Fotos wie ein Häufchen Elend auf ihrem Bett.

„Ach Mama, ich kann nicht aufhören, an ihn zu denken. Ich liebe ihn doch so!"

Wie leichtfertig man mit dem Wörtchen Liebe mit fünfzehn Jahren umgeht, sinnierte ich. Aber die Gefühle der ersten Liebe sind nun einmal sehr stark und können sehr wehtun. Wird das Verliebtsein dann mit Liebe verwechselt? Ab wann kann man sagen: Ich liebe dich! Mit fünfzehn, vierzig, oder sollte man dieses Wort und seine Bedeutung nie erwähnen? Besser wäre es vielleicht, um sich selber zu schützen.

„Ach, mein kleines Baby, wer weiß schon, was bei den Männern alles so im Kopf rumschwirrt!", antwortete ich leise, als ich mich zu ihr auf das Bett setzte und sie in die Arme schloss. „Wir Frauen sind da ganz anders gestrickt. Wir finden zwischen Kochen, Putzen und Kindererziehung immer Zeit, an sie zu denken. Aber du musst dir merken, dass bei den Männern das Gehirn nicht so präzise arbeitet wie bei uns Frauen. Sie besitzen leider nicht das Talent, an mehrere Dinge gleichzeitig denken zu können."

Stumm sahen wir den Sonnenstrahlen zu, die im Zimmer spielten und versuchten, die Trauerstimmung zu verscheuchen.

„Weißt du, in solchen Situationen muss man sich mit Vanilleeis und Schokoladensoße trösten. Das hilft immer!", fuhr ich fort.

Ich reichte ihr eine Portion und wir löffelten eine Zeit lang wortlos unser Eis. Ich räusperte mich und unterbrach erneut die Stille, die im Zimmer herrschte.

„Soll ich dir mal sagen, was ich mit fünfzehn so angestellt habe, um den Jungen zu sehen, den ich lieb hatte?"

„Was denn?", fragte sie hellhörig.

„Ich hatte einen Kumpel in meiner Klasse, der spielte gerne mit Feuer. Und dem erzählte ich, dass wir einen Stall hätten, in dem tausend Liter Heizöl lagerten. Ich forderte ihn auf, den anzuzünden. Weil mein Freund Feuerwehrmann war, sah ich das als die beste Möglichkeit, ihn wiederzusehen."

„Na toll, Mama, das kann ich ja wohl schlecht machen. Eric ist kein Feuerwehrmann."

„Nee?", fragte ich mit hämischem Grinsen. „Was macht der denn sonst so?"

Unsere Blicke trafen sich. Ich hatte es geschafft, ein Lächeln in das Gesicht meiner kleinen Jolanthe zu zaubern.

„Wird's besser? Wird's schlimmer? Fragt man alljährlich. Seien wir ehrlich: Leben ist immer lebensgefährlich!"

Erich Kästner

Nie mehr ... in großer Gefahr

Meine Mutter hatte sich in den Kopf gesetzt, mich mit ihrem netten, zuvorkommenden Nachbarn zu verkuppeln, einem aalglatten Typ, der seinen Hosenbund über dem Bauchnabel trägt, einem, der seinen Apfel schält und sich in kleinen Stückchen in den Mund schiebt. Oder gleich Apfelmus isst, den er nur noch schlucken muss, um seine Zähne zu schonen. Seine Mutter musste jeden Sonntag nach der Kirche zum Essen eingeladen werden und bestand zum Kaffee auf ihrem Muckefuck. So stellte ich mir diesen Mann, der meine Mutter um den Finger gewickelte hatte und den sie sich jetzt als den besten Schwiegersohn der Welt vorstellte, vor.

Nichtsdestotrotz hatte er noch einen Sohn, der mit meinem in dieselbe Klasse ging. Das Kind konnte mir echt leid tun bei so einem Vater. Der Junge hörte bestimmt nur: „Setz dich gerade hin! Hände auf den Tisch! Zum Spielen ziehst du Schutzanzüge an! Und beim Essen wird weder erzählt noch getrunken! Und wehe, du urinierst im Wald, davon sterben die Bäume."

Oh je, wie gruselig!

Aber da ich Elternabende, Stammtische und gemeinsame Klassenaktionen wie die Pest meide und nur nach persönlicher Einladung das Schulgebäude betrete, kannte ich diesen Wundervater – diesen Alles-im-Griff–Helden – nicht. Ich ging davon aus, dass er ein absolutes Muttersöhnchen war, und schlug erst einmal in meinem Lieblingsbuch nach, was es mir über solche Weicheier zu sagen hatte.

Mutter – Frau, die geboren hat
Mutterbindung

Mutterkomplex – übertrieben starke Bindung
eines Knaben zu seiner Mutter
Muttermal
Mutterrecht
Muttersöhnchen – verhätschelter Knabe oder
Jugendlicher

Ich denke, das können genauso gut welche sein, die ihre Endvierziger schon überschritten haben, also bräuchte hier keine Altersangabe stehen – den ‚Knaben' fand ich zu spezifiziert! Könnte aber auch unter Krankheitsverlauf eingegliedert werden: Schwer infiziert, sein Leben lang schwer geschädigt umherlaufender Mann.

Was liebte ich doch dieses schlaue Buch, dem man eigentlich noch persönliche Meinungen hinzufügen sollte. Ich werde mich einmal informieren, bei welchen Leuten der Duden immer wieder aktualisiert wird. Ich möchte dann unbedingt dabei sein.

„Mama, ich bitte dich!", flehte ich sie an. „Ich habe mir vorgenommen: Nie wieder! Ich will keinen Kerl mehr. Ich fühl mich wohl, so alleine!"

„Warum? Das ist ein netter, zuvorkommender, ordentlicher, fürsorglicher junger Mann und Vater", erwiderte sie und schlug mein Argument in den Wind.

„Quatsch, so einen gibt es gar nicht. Der muss doch irgendein Skelett im Schrank haben! Oder er ist ein Android", frotzelte ich.

Meine Mutter schüttelte den Kopf und sagte: „Nein, der ist in allem perfekt und zauberhaft menschlich."

„Nie im Leben", versuchte ich meine Einsamkeit zu retten. „Was ist mit Steuerhinterziehung, Drogenabhängigkeit? Oder ist er vielleicht Geschlechtskrankheiten-überträger?"

Seufzend schüttelte sie erneut den Kopf und auf ihrer Stirn erschien eine Leuchtschrift: Er ist perfekt!

Ich wollte nicht so einfach aufgeben, hier ging es schließlich um mein Leben. Ich saugte das Letzte aus meinen grauen Zellen, um mich und meine Einstellung zur festen Bindung zu schützen.

„Ich hab's! Du hast einmal erwähnt, dass der Wunderknabe immer für seine Familie einsteht. Er gehört zur russischen oder italienischen Mafia und sein Vater ist im Hochsicherheitstrakt von Alcatraz gezeugt worden!"

„Leotine, gib endlich auf! Er ist wunderbar und dazu noch sehr attraktiv."

Sie wirkte jetzt schon sichtlich genervt und ich sah darin meine letzte Chance, sie zur Kapitulation zu zwingen. Man müsste diesem Mann sein weiteres Leben retten, indem man einen Anwalt suchte, der seine zum Himmel stinkende Geradlinigkeit verklagte! Es nützte nun alles nichts mehr. Ich stützte meinen Kopf in die Hände und sagte süffisant: „Mama, ehrlich: Was soll ich mit einem Mann, der seine Unterhosen bügelt und seinen Scheitel mit Spucke glattzieht? So einer passt nicht zu mir! Ich bräuchte einen, der, wenn er betrunken ist, für mich einen Strip auf dem Küchentisch hinlegt. Und der mit meinen Kindern im Schwimmbad vom Zehner Arschbomben präsentiert."

„Okay, okay, ich habe verstanden, dass für dich eine Beziehung Ballast ist", gab sie klein bei. Sie ging zum Schrank, griff nach einer Flasche, stellte sie auf den Tisch und sagte weiter: „Weißt du, welche Männer uns

Frauen richtig weiche Knie verursachen? Und die immer für uns da sind, wenn wir sie brauchen?"

Jetzt lächelte ich wieder, nickte und sagte: „Klar doch! Das sind Jack Daniels, Johnny Walker und Jim Beam. Die wissen ganz genau, was gut für uns ist und wie viel wir davon benötigen und ertragen!"

Doch mir war der Themenwechsel zu sprunghaft. Sie wollte mich nur in Sicherheit wiegen. So wie ich meine Mutter kannte, sollte zu diesem Thema noch etwas kommen. Sie hatte offensichtlich vergessen, dass ich ihre Tochter war und unsere geistige Verbundenheit zu telepathischen Fähigkeiten führte.

„Es ist wichtig, geschäftliche Verbindlichkeiten nicht einzuhalten, will man sich den Sinn für die Schönheit des Lebens bewahren."

Oscar Wilde

Kein Bock auf Stammtischgeschwafel

Als mein Brasilianer am nächsten Tag aus der Schule kam, war er völlig aufgeregt und verängstigt.

„Hey Eva, wenn du nicht zum nächsten Elternabend erscheinst, dann gibt mein Klassenlehrer eine Meldung ans Jugendamt. Und du kriegst richtig Ärger!"

„Hä, was will der Spinner von mir? Hat der vor dem Unterricht schon zu viel Alkohol verkonsumiert und kommt damit nicht richtig klar? Was ist sein Problem? Zu viel Zeit?"

„Eva, der meint das ernst, der hat auch anderen Kindern Bescheid gesagt!"

Moritz setzte sich mit puterrotem Kopf auf seinen Schulranzen und kaute nervös an seinen Fingernägeln.

Aber ein Elternabend ist freiwillig und mir völlig gleichgültig! Das ist ein überflüssiger, nicht notwendiger Abend. Knapp geschildert: Reine Zeitverschwendung – Cliquenwirtschaft und Stammtischgeschwafel. Wenn ich nur an die Themen denke – oh Mann, wir planen eine Wanderung. Als ob die Dreizehnjährigen noch mit Vati und Mutti eine Klassenwanderung machen möchten. Nur weil die sogenannten Möchtegern-Gesellschaftsfreundlichen zeigen möchten, wie sehr sie sich um ihre Kinder kümmern und wie viel Interesse sie am Schulwesen haben. Dass ich nicht lache! Dabei wird sich darüber ausgelassen, wie feucht-fröhlich der letzte Elternstammtisch verlief und wer wieder nicht anwesend war! Probleme machen die erst zu Problemen. Und dann auch noch den Kindern Angst machen!

„Das lassen wir uns nicht gefallen, mein Kind", sagte ich und drückte meinen kleinen Kacker herzlich an die Brust. „Morgen werde ich sofort bei der Schulleitung auf der Matte stehen. Deine Eva macht das schon, bleib ganz entspannt!"

Wütend setzte ich am frühen Morgen im Schulgebäude einen Fuß vor den anderen. Vor der Tür, an der ein Schild mit der Aufschrift ‚Rektor‘ angebracht war, wartete schon ein wahnsinnig gutaussehender Mann – was war der eine Augenweide! Rechts und links von ihm standen noch Stühle, die mich zum Sitzen aufforderten. Aber ich traute mich nicht und blieb ihm gegenüber an der Wand stehen. Aus den Augenwinkeln begutachteten wir uns unauffällig auffällig! Man räusperte sich eine Spur zu oft und die kleinste Bewegung auf dem Flur wurde dazu genutzt, dem Geräusch mit dem Kopf zu folgen. Nach einigen Minuten sprach er mich an.

„Was haben Sie denn ausgefressen, dass Sie hinter diese Tür müssen?"

„Ich habe den Girlies auf der Mädchentoilette gezeigt, wie man ordentlich auf Lunge raucht, und bin erwischt worden!", sagte ich cool und zog meine linke Augenbraue hoch. „Wird heute wohl mein letzter Tag in der Penne sein."

„Ja, meiner auch", erwiderte er. „Ich habe in der Turnhalle dem Pauker meinen nackten Hintern hingehalten, der hat mich gerade an den Haaren hierher gezerrt."

„Echt cool, bei ihrer Statur muss das auch eine absolute Zumutung gewesen sein!"

Ich zeichnete mit den Händen in der Luft ein Elefantenhinterteil und musste über unser kleines Theaterstück herzlich lachen. Er streckte mir seine Hand entgegen und stellte sich vor.

„Leopold Winzer. Ich bin der Vater von ..."

„Ja, ich weiß, von Jonas!", unterbrach ich ihn lächelnd.
„Ich bin Leotine Sommer, die Mutter von ..."
„Ja, ich weiß", wurde nun mein Satz unterbrochen. „Sie
sind die Tochter von Adelheid. Ich bin der Langweiler,
der seine Unterhosen bügelt und dessen Vater leider
nicht in Alcatraz sein Zuhause hatte."
Oh, na ganz toll, Leotine! Im Geiste suchte ich in meinem Duden unter ‚extremen Peinlichkeiten':

Pein – starkes Unbehagen
peinigen
peinlich – 1. an Leib und Leben gehend; 2. unangenehm, Scham, Verlegenheit erzeugend
Peinlichkeit – peinliche Handlungen, peinliche Rede und andere Peinlichkeiten

Ja nun, fragte ich mich. *War ich das jetzt oder meine Mutter beim Kaffeekränzchen?*
„Ich glaube, ich gehe dann mal wieder", sagte ich. „So
wichtig ist das hier nun auch wieder nicht! Es gibt ja Elternsprechtage, dann warte ich eben noch ein halbes
Jahr." Ich verließ die Schule noch schneller, als ich sie
betreten hatte.

„Frauen besitzen einen wunderbaren Instinkt. Alles entdecken sie, nur das nächstliegende nicht!"

Oscar Wilde

Oh oh, der böse Fluch ist ganz nahe

Das erste Jahr unseres Alleingangs war zu meiner Zufriedenheit verstrichen. Kinder, Tiere und ich genossen in vollen Zügen unser neues Leben und Mamas Vorsatz ‚Nie mehr!‘. Es lief alles perfekt bis zu dem Tag, als wir morgens aus dem Bett geklingelt wurden.

„Guten Morgen, Frau Sommer", begrüßte mich ein älterer Herr mit Aktentasche. „Ich müsste einmal an ihren Stromkasten!"

Hm?, dachte ich. *So mitten im Jahr doch recht ungewöhnlich.*

Aber ich wollte ihn bei seiner Arbeit nicht behindern, erklärte ihm, wo er den Kasten findet und schloss meine Wohnungstür wieder.

Ich ging gerade in meine Küche, um mir Teewasser aufzusetzen, da lief im Radio das Lied „Es ist geil, ein Arschloch zu sein. Es ist geil, so richtig dreckig und gemein ...", als mit einem Mal der Text ausging. Ich drehte mich um und sah zu meinem Wasserkocher und das Lichtlein, das mir sonst anzeigte, dass ich in einer Minute heißes Wasser hatte, war ebenfalls erloschen. Tot – kein Licht, kein Radio! Mir wurde heiß und kalt zugleich. Und ich hatte mich eben noch ganz blond gefragt, was der mitten im Jahr an meinem Stromzähler wollte! Wie blöd! Ich stürzte im Schlafanzug die Treppe hinunter, um den Mann noch zu erwischen. Ich packte ihn am Ärmel, als er gerade das Haus verlassen wollte, und meckerte ihn in meiner Verzweiflung an.

„Was haben Sie getan?", fragte ich ihn. „Ist das normal, dass Sie bei Familien klingeln und an den Stromzähler gehen und ohne Warnung einfach alles kappen? Mit welchem Recht und wieso überhaupt?"

Ich war schier außer mir und verstand die Welt nicht mehr.

„Frau Sommer", sprach er mich an. „Sie sind den monatlichen Zahlungen nicht nachgekommen. Wir haben eine Forderung an Sie in Höhe von 490,87 EUR. Bezahlen Sie und ich komme wieder!"

Das durfte doch nicht wahr sein! Aber ich wusste ja, an wen ich mich zu wenden hatte.

Mein lieber Schwan, dir wird gleich der Flieder aus den Ohren blühen, wenn ich mit dir fertig bin, sandte ich eine telepathische Nachricht an meinen Noch-Gatten. Eine halbe Stunde später schellte ich an seiner glorreichen Himmelstür.

Geöffnet wurde mir von einer, die aussah wie zwölf und einen Ball verschluckt hatte.

„Ach hallo!", flötete sie, als sie mich erkannte.

„Ich will zu meinem Noch-Mann", sagte ich, drückte sie zur Seite und verschaffte mir selber Eintritt. „Hab was zu klären!" Wie eine Irre stürzte ich durch sein vom Feinsten eingerichtetes Haus. Nachdem ich jede einzelne Tür aufgestoßen hatte, hinter der ich ihn vermutete, fand ich die viertel Eichel hinter seiner Zeitung. Sofort fiel mir auf, dass sich der feine Kranz seiner Schambehaarung noch mehr gelichtet hatte. Eigentlich hätte ich mir die ganze Show von ‚Wo-steckst-du-Mistkerl' ja sparen können, ich konnte ja nicht davon ausgehen, dass der Penis nach so kurzer Zeit schon sein wahres Gesicht zeigte und in seiner neuen Beziehung recht frühzeitig die bekannte Schlagzeile geworden ist. Ein leichter Anflug von Mitleid durchströmte mich, als ich an die ‚Ballverschluckte' dachte. Aber nur kurz, denn sie wollte den hinter der Tageszeitung versteckten Schrumpfkopf ja haben, also soll sie damit auch fertig werden. Ich wünschte ihm eisig einen guten Morgen und blickte über einen zu üppig gedeckten Frühstückstisch. „Oh, wie nett, scheinbar hast du mit mir gerechnet. Der Tisch ist ja wie für mich gedeckt!", spottete ich und warf meine Jacke in hohem Bogen auf den Fußboden, setzte mich an den Tisch und schnitt mir ein Brötchen auf. Mit stechendem Blick sah ich zu meinem verdatterten Ehemann, der kurz vor einem Infarkt stand. „Dein blödes Gesicht sollte ich fotografieren", sagte ich. „Wo finde ich deine Kamera, dann mach ich das schnell!", und schaute mich im Wohnzimmer um und biss herzhaft in mein Marmeladenbrötchen. „Was willst du denn hier?", fragte er mich mit einer Stimme, die er gerade erst wiedergefunden hatte.

„Ich wollte mir mal Klarheit darüber verschaffen, wie schön die Kinder und ich demnächst wohnen werden", antwortete ich. „Gefällt mir richtig gut. Der Hund hat hier den größten Auslauf, den er je hatte, und die Katzen erst, was werden die sich auf diesen wunderschönen, neu aufpolierten, antiken Möbeln wohlfühlen!" Süffisant lächelte ich ihm entgegen und ließ mir nebenbei das Frühstück sichtlich schmecken. Ohne Hemmungen griff ich noch kauend zum zweiten Brötchen und belegte es mit gut geräuchertem Lachs. Dazu gönnte ich mir selbstverständlich ein Ei und schlang alles wie eine Verhungernde ohne jegliche gute Manieren hinter die Kiemen. Noch mit gefülltem Mund bat ich den zerknirschten und zusammengefalteten Penis: „Ach, reichst du mir die Kaffeekanne, bitte?" Meine Dreistigkeit steigerte ich noch, indem ich mit einer

Handbewegung anzeigte, dass er schneller reagieren sollte.

„Nein, das mache ich nicht!", antwortete er mir brüskiert mit einem Hirn, das er gerade wiedergefunden hatte. Ich beugte mich daraufhin selbst über den Tisch und kratzte die Kanne hörbar darüber.

„Oh, 'tschuldigung", frotzelte ich. „Der Tisch ist hoffentlich nicht allzu kostbar? Das würde ich echt bedauerlich finden! So ein kaputter zweihundert Jahre alter Tisch im Zentrum des Hauses. Was die anderen dazu sagen werden! Ist ja auch kein besonders netter Anblick."

„Was willst du von mir, Leotine?"

„Das sagte ich eben schon. Ich werde mit Kindern und Tieren hier einziehen. Es sei denn, du kommst postwendend deinen Verbindlichkeiten nach und wir können wieder wie zivilisierte Menschen den Strom nutzen!"

„Das muss ein Missverständnis sein. Ich habe einen Dauerauftrag eingerichtet!"

Mit der Hand wischte ich die Brötchenkrümel vom Tisch auf den teuren Teppich. Durchaus entsetzt beobachtete er mich dabei. „Ach ja? Das Missverständnis war genau um acht Uhr bei mir am Stromzähler. Und das Missverständnis ist wohl schon drei Monate überfällig! In einer Stunde", setzte ich mein Ultimatum für ihn fest. „Bis dahin habe ich die Bestätigung, dass die Rechnung ausgeglichen ist. Habe ich sie nicht, werde ich dein Haus besetzen mit allem Drum und Dran!"

Stocksauer ging ich den Weg wieder zurück, nur dass ich jede Tür, die ich aufgestoßen hatte, nun mit einem lauten Knallen wieder schloss.

„Verwandte sind einfach eine langweilige Sippe, die nicht die geringste Ahnung hat, wie man lebt, und nicht das schwächste Gefühl, wann man sterben soll!"

Oscar Wilde

Die Berufung ruft

Auf dem Heimweg machte ich mir Gedanken über eine außergewöhnliche Retourkutsche. Und jetzt sollte eigentlich meine wirkliche Geschichte beginnen. Immer noch sehr wütend und aufgebracht holte ich mir meinen Duden, blätterte im Buchstabenbereich des ‚H' herum und wurde tatsächlich fündig:

Hexe – zauberkundige Frau, die mit dem Teufel
im Bund ist
hexen
Hexenbesen
Hexeneinmaleins – Zahlen- oder Worträtsel mit
mehrfachem Sinn
Hexenglaube
Hexenjagd
Hexenkessel
Hexenkraut
Hexenküche
Hexenmeister
Hexerei

Wow, was nicht alles mit einer Hexe zusammenhängt! Ich fand noch vieles mehr unter der Erklärung, die ich zu meiner Berufung auserkoren hatte. Ich sah auch noch in den Gelben Seiten nach, was man dort unter Esoterik findet.

Ich blieb bei einem Geschäft hängen, das sich ‚Hexenkessel' nannte. Ich schrieb mir die Adresse auf einen Zettel und machte mich Stunden später auf den Weg zu diesem mystischen Laden. Mit mulmigem Gefühl in der Magengegend ging ich erst mehrere Male vor dem Geschäft auf und ab. Ich hatte ein bisschen Angst vor meiner eigenen Courage. In meinem Kopf geisterten Dämonen, die die kommenden Nächte an meinem Bett rütteln und mir Albträume einflößen würden, und Hexen, die auf ihren Besen fliegen, würden böse dazu kichern.

So ein Quatsch! Ich sprach mir innerlich Mut zu und sagte mir, dass das alles nur Aberglaube und Volksmärchen seien, die man unartigen Kindern erzählt hatte, um sie gefügig zu halten! Also Leotine, ab in den Laden und mach dir bloß nicht in die Hosen! Es ist alles nur halb so schlimm, wie es erzählt wird.

Als ich die Tür aufschob und einen Fuß in den Laden setzte, erklang zum Eintritt anstelle eines Ding-Dong ein hämisches Hexenlachen. Na super! Der Raum, in dem ich nun stand, war alles andere als freundlich und einladend. Düstere Totenköpfe waren die Hauptdekoration. Decken, auf die Pentagramme gedruckt waren, dienten als Gardinen, und Wandteppiche. Kristalle, zu irgendeinem Nutzen und bestimmt nicht rein zufällig in einer bestimmten Art aufgestellt, erstrahlten in komischen Lichtern. In kleinen Kisten lagen verschieden große schwarze Kerzen, unter denen Schildchen befestigt waren, auf denen ‚Geweiht' und ‚Ungeweiht' stand. Kräuterregale, Pendel und vieles mehr, das mir eine gehörige Gänsehaut verursachte, war im Laden drapiert. Alles in allem ein Ambiente, das ich unter normalen Umständen nicht einmal für eine Sekunde genießen wollte!

Nachdem ich mich zaghaft umgesehen hatte, fand ich doch etwas, was mich interessierte: Bücher – wahre

Schätze über schwarze und weiße Magie, Kräuterheil-kunde, Zaubersprüche und ihre Wirkung und ab wann man eine Hexe ist.

Hm, wonach suchte ich eigentlich? Ich befand mich auf fremdem Territorium und fühlte mich wie in einem Irr-garten, in dem ich mich verlaufen hatte. Aber aus den Augenwinkeln heraus sah ich, dass aus einem Hinter-zimmer Hilfe nahte.

„Guten Tag. Suchen Sie etwas Bestimmtes? Oder wollen Sie nur einfach schauen?"

Ich musterte die Frau kritisch und überlegte, ob sie eine Hexe war, die mit wilden Zaubersprüchen nachts über den Friedhof flog und mit ihrem Gesang Kinder zu sich lockte, denen sie das Leben aussaugte, um jung und hübsch zu bleiben und viele tausend Jahre weiter ihr Unwesen treiben zu können. Ich merkte wieder, wie sich mir die Nackenhaare sträubten und mir eine Gän-sehaut bis zum kleinen Zeh hinunterlief.

„Ja ... äh ... nein ... ja doch!", stotterte ich.

Die vermeintliche Hexe lächelte mich an. „Ja, was denn nun? Möchten Sie sich schützen oder jemanden mit Warzen schlagen?"

„Wenn ich ehrlich bin, das mit den Warzen finde ich schon eine tolle Sache", gab ich zu. „Könnte ich demjeni-gen vielleicht statt der Warzen Elefanteneier verpassen?"

Schmunzelnd hielt mir die Frau ihre Hand entgegen und stellte sich vor. „Ich bin Uli. Mir gehört der Laden! Und ich glaube, ich sollte uns mal Teewasser aufsetzen, denn von dieser Geschichte möchte ich gerne mehr erfahren."

Und prompt war eine Freundschaft geschlossen – in der Marktstraße auf der Erde mitten im Universum!

„Schlechtigkeit ist eine von guten Menschen er-
fundene Fabel, die die merkwürdige Anzie-
hungskraft der anderen erklären soll."

Oscar Wilde

Da saßen wir nun in einem Hinterzimmer zwischen Räuchermischungen, Zauberstäben, Talismanen und Edelsteinen und tranken aus einem typischen Hexen- kessel, in dem sie einen Tee aus den Blättern und Blü- tensprossenspitzen des Johanniskrauts gekocht hatte. Und während sie mir meine Tasse füllte, erklärte sie mir die magische Wirkung des Tees.
Unterschiedlicher konnten wir beide nicht sein. Zwei völlig Fremde, die auf Anhieb dermaßen unbefangen miteinander umgingen, als würden sie sich schon ein Leben lang kennen oder hätten im Mittelalter den Scheiterhaufen geteilt. Es war ein angenehmes, warmes Gefühl, das uns umgab und einschloss. Wir erzählten uns unser halbes Leben, lachten und litten miteinander, bestätigten verletzte Gefühle, die jede von uns anders durchlebt hatte. Wir vergaßen unweigerlich, dass es noch Geschäftszeiten und somit Arbeitszeiten gab.
„Weißt du, es ist schon schwierig, mit einer Frau be- freundet zu sein. Ich habe in jede einzelne sogenannte beste Freundin so viel Herzblut investiert, dass ich mich heute noch darüber wundere, dass mein Herz überhaupt noch schlägt!"
„Ja, ich weiß, auch das kenne ich. Meine sogenannten Freundinnen fanden mich alle zum Weglaufen! Ich glaube, wenn sie nicht gestorben sind, laufen sie heute noch!"

Wir lachten und waren uns einig, dass wir wirklich zusammen auf dem Scheiterhaufen gestanden haben mussten. Denn so viele Gemeinsamkeiten, geteilte Interessen und gewisse Ähnlichkeiten im Lebenslauf konnten unmöglich rein zufällig sein.

Wir gestalteten gemeinsam alles nach dem Mondkalender: Fensterputzen, Blumengießen, Gemüse pflanzen, Backen und sogar das Schneiden der Fußnägel, damit es keine Zahnprobleme gab, und – ganz wichtig – die Haare durften nur an Löwentagen bei abnehmendem Mond geschnitten werden, damit sie schnell wuchsen.

„Du, sag einmal, warum willst du eine Hexe werden? Du verkörperst doch schon eine. Das, was du noch lernen musst, ist die richtige Anwendung der weißen Magie, und das kann ich dir beibringen! Lass bloß das Böse nicht zu. Der Hass, der in dir wächst, fordert dich nach und nach auf, einem anderen Menschen zu schaden. Und wenn du das zulässt, bist du eine Satanstochter und gehörst nicht mehr zu den Guten. Und alles, was du einem Menschen Böses antun möchtest, kann im jetzigen oder nächsten Leben bis zum Fünfzehnfachen zu dir zurückkehren. Also überlege sorgsam, was du planst. Es reicht, wenn du dich mit Schutzzaubern schützt. Früher waren Frauen die Gefäße für Weisheiten, für ihre Kräuterkunde wurden sie gejagt. Sie haben geheilt und Sinn für die Natur gezeigt und dafür wurden sie gefoltert und hingerichtet. Es waren weise Frauen, die ihre Lehren und Erfahrungen an andere weitergaben! Ich genieße es, heute von ihrer Kräuterkunde zu profitieren. Ich verehre diese begabten Frauen, deren Wissen heute in der Naturheilkunde und sogar in der

Schulmedizin verwendet wird. Aber dafür hatten sie ein hartes, schweres Los zu tragen, und das sollten wir jeden Tag bedenken."

Da war es wieder ausgesprochen: Du bist doch schon eine Hexe! Es musste wohl doch groß und breit und für alle gut lesbar auf meiner Stirn geschrieben stehen. Ich schmunzelte noch einmal in mich hinein, als ich ihr antwortete: „Du, Uli, soll ich dir mal sagen, wem ich die Elefanteneier verpassen möchte? Meinem Ehemann, er hat seine Versprechen nicht gehalten. Bei unserer Trennung wurde abgemacht, dass er die Nebenkosten meiner Wohnung übernimmt, weil das weniger wäre als der Unterhalt, den er eigentlich zahlen müsste. Und heute Morgen war dann ein Missverständnis drei Monate alt und ich hatte plötzlich mittelalterliche Zustände!"

„Aha, ich verstehe!", sagte Uli und nickte verständnisvoll.

„Daraufhin bin ich wie ein wild gewordener Besen in sein Haus und habe ihm versprochen, dass ich, wenn er binnen einer Stunde seinen Verbindlichkeiten nicht nachkommt, mit den Kindern, den Katzen und dem Hund bei ihm einziehe!"

„Aha, ich verstehe!", sagte Uli und lächelte wissend. Nach einer geraumen Zeit meinte sie: „Du musst dich und die Kinder unbedingt schützen, und wovor du euch schützen musst, weißt du selbst am besten. Schwarzmagisch wäre es jetzt, wenn du ihm Tod und Hölle an den Hals wünschen würdest. Da kann ich dir nur raten, die Finger davon zu lassen! Aber weißmagisch wäre es, wenn du bei dir selber anfängst, ohne einen Übergriff in seine Persönlichkeit vorzunehmen. Stell dir einfach eine Tarnkappe vor, unter der du steckst und unter der er dich nicht finden kann. Ich hätte für dich auch noch eine recht hübsche Alternative. Das ist die Satorformel, versteckt in einem magischen Quadrat, mit einem lateinischen Text aus fünfbuchstabigen Wörtern, der besagt, dass der Sämann Arepo mir mühsam die Räder hält!"

Sie stand von ihrem Stuhl auf und ging nach vorn in den Laden. Zurück kam sie mit einem Zettel und einem Stift. Sie legte das Blatt vor mir auf den Tisch und malte ein Quadrat und fügte Buchstaben ein.

„Pass auf, was ich dir nun zeige!", sagte sie und schrieb die Wörter in das Viereck.

$$SATOR$$
$$AREPO$$
$$TENET$$
$$OPERA$$
$$ROTAS$$

„Kannst du sehen, was ich meine?", fragte sie mich.

„Nö, nicht wirklich!", antwortete ich verständnislos.

„Sieh genau hin, du kannst den Text von oben nach unten, von links nach rechts und umgekehrt lesen. Du kannst nichts falsch machen, die Bedeutung des Schutzes bleibt immer gleich! Verstecke ihn zum Beispiel auf deiner Tischplatte unter bunten Steinfliesen oder in einem hübschen Wandbild."

„Ja, aber wie?", fragte ich wieder recht dumm.

„Wenn du das Quadrat erstellt hast und die Wörter darauf geschrieben sind, kannst du für den Buchstaben ‚S'

zum Beispiel die Farbe Rot verwenden und für das ‚T'
die Farbe Grün und so weiter. Und zum Schluss hast du
für andere ein schönes Kunstwerk geschaffen; keiner
deiner Besuche würde dahinter einen Schutzzauber ver-
muten."

„Woher kommt der Ursprung dieser Formel?", fragte
ich wieder und kam mir jetzt schon richtig blöde vor.
Aber ich hatte nun mal keine Ahnung.

„Die Formel ist schon über zweitausend Jahre alt, sie
schützte schon römische Häuser. Im damaligen Pompe-
ji zum Beispiel war sie als Mosaik in den Boden gesetzt.
Ich nehme an, dass sie das taten, um die Formel vor
Außenstehenden zu verstecken! Du darfst aber auf keinen Fall vergessen, dass du, während du die Formel
herstellst, einen kleinen Zauber sprichst. Der sollte in
etwa so lauten: Beschütz uns vor allen Gefahren und
auch jenen, an die ich jetzt nicht denke. Und mit ‚Wenn
es denn sein darf' musst du abschließen, dann erst ist es
eine runde Sache. Du selbst weißt am besten, wovor sie
euch beschützen muss und soll."

An diesem Nachmittag nahm meine Begeisterung für
diese Frau kein Ende. Sie hatte so viel Wissen über die
weiße Magie, das sie mir in ein paar Stunden mitteilte
und lehrte. Mit Lavendel, den ich in der Wohnung ver-
teilen sollte, hielt ich zusätzlich das Böse aus der Wohnung fern. Und wenn ich zwei Besen mit den Köpfen
nach oben kreuzte, dann würde ich entschlossene Geister, Dämonen und andere Unholde bannen. Wichtig
hierbei war wieder, dass ich mich anschließend bei den
Besen für ihre Dienste bedankte. Wenn ich einen Apfel
quer schnitt, hatte ich ein naturgegebenes Pentagramm

und mit einem Lorbeerblatt versperrte ich dem Bösen auch wieder den Weg. Meine Güte, ich fragte mich tatsächlich, ob ich mich nicht auch vor mir selbst schützen müsste.

„Was man zu verstehen gelernt hat, fürchtet man nicht mehr."

Marie Curie

Nie mehr … weiterhin in Gefahr

Nach einigen Tagen beherzigte ich den Ratschlag, den mir Uli gegeben hatte, und gestaltete eine versteckte Satorformel. Ich besorgte mir eine quadratische Leinwand, schrieb den lateinischen Text darauf, übernahm auch die Idee mit den verschiedenen Farben und hatte ein schönes buntes Kunstwerk mit tiefem Sinn an meiner Wohnzimmerwand. Stolz begutachtete ich meinen Schutzzauber, als Moritz um die Ecke kam und neben mir stehen blieb.

„Hey Eva, das ist richtig cool. Du bist ja eine richtige Künstlerin. Du solltest das verkaufen!"

„Nee, das ist nur für uns. Das soll uns beschützen."

„Aha. Meinst du nicht, dass deine Fantasie ein bisschen zu weit geht? Mama, das ist ein Bild!"

„Ja, aber ein besonderes. Das ist ein Zauberbild!"

„Ja, und du bist die Hexe Babajaga. Ich verstehe!"

Na ja, so ganz unrecht hatte er in seinem jugendlichen Leichtsinn gar nicht. Kein Mann kannte mich so gut wie er. Er wusste, dass nichts von dem, was ich sagte oder tat, ohne Grund passierte. Er schlich noch etwas um das Bild herum und musterte mich kritisch, ehe er beifällig erwähnte: „Du, Jonas hat mir erzählt, dass sein Vater dich supertoll findet."

„Ach ja?", meinte ich gleichgültig und himmelte meine Kreativität an der Wand an.

„Jonas' Vater meinte wohl auch, dass du den Mädchen auf dem Klo heimlich das Rauchen beibringst."

„Ach ja?"

„Du hast das doch nicht wirklich gemacht, Eva, oder? Du hast den doch voll angelogen!"

„Wie angelogen? Ich lüge doch nicht rum! Nee, ich habe wirklich auf dem Mädchenklo geraucht, aber das ist schon lange her! Aber nicht gelogen, nur zeitversetzt angewendet."

Als mein Krötennachwuchs dann am Weghüpfen war, setzte er noch einen drauf: „Übrigens möchte Jonas' Vater uns zum Essen einladen!"

Oh nein, nein, nein, nein, nein! Ich musste mich erst einmal setzen. Ich habe meine Prinzipien, und die tragen alle den Namen: Nie mehr! Auch wenn ich zugeben musste, dass er ein richtig scharfer Typ war. Nein, auch ein Leopold Winzer, der noch schärfer als Chili war, hatte keine Chance. Nie mehr!

„Ein Mann, der beharrlich ledig bleibt, macht sich zu einer fortwährenden öffentlichen Versuchung!"

Oscar Wilde

Nie mehr ... verblasst langsam

Am Mittwoch darauf saßen wir bei Leopold Winzer und seinem Sohn im Wohnzimmer auf dem Boden und aßen frisch gebrachte Pizza. Es wurde nach der anfänglichen Beschnupperung dann doch noch ein netter Abend. Die Kinder, die sich zu Jonas ins Zimmer zurückgezogen hatten, überließen uns unserem intellektuellen Gespräch, in dem wir schwelgten.

„Wie findest du denn dieses Pro Sieben-Sternchen Karda Loth?", fragte ich interessiert.

„Hm, meinst du die komplette Person oder nur Teile davon?", antwortete er mit einer Gegenfrage und einem frechen Lächeln.

„Die Dinger sind nicht mal echt", regte ich mich auf.

„Die ganze Alte ist nicht echt", grinste er breit.

„Ist dir aufgefallen, dass die nach jedem Satz wie ein Karpfen nach Luft schnappt?", stachelte ich weiter und äffte es nach.

„Ja, und diese Schlauchboot-Lippen erinnern mich immer an meine Gummipuppe Erika!", meinte er offen und ehrlich.

„Es nervt mich am meisten, dass die über andere abblästert und selber eine hohle, buckelige Brotspinne ist und nicht einmal der deutschen Sprache mächtig."

„Ja, so ein Akzent oder Dialekt kann schon sehr sexy und ansprechend sein. Aber die ist der Meinung, dass die dicken Möpse, die sie sich hat machen lassen, von dem fehlenden Hirn ablenken könnten. Aber ich habe das trotz des Wunsches, diese Dinger einmal anzufassen, erkannt. Und für mich entschieden, sie nicht kennenlernen zu wollen. Du wirst es nicht glauben, ich weiß auch nicht, wie die mich gefunden hat, auf jeden

Fall schellte die halbnackt an meiner Tür. Ich war so erschrocken, dass ich ihr die Tür vor der Nase zugehauen habe."

„Echt? Du hast 95C in den Wind geschlagen?" Ich tat freudig überrascht.

„Ja. Eiskalt. Ich bin auch nur ein Mann mit Gefühlen. Ich habe nämlich sehr kleine Hände und bräuchte anschließend therapeutische Hilfe, um meine Komplexe wieder loszuwerden, weil ich die Mega-Möpse nicht vollständig in den Händen hätte halten können!"

Wie ein trotziger Bengel rollte er sich schmollend auf dem Sofa zusammen. Ich gluckste vor Lachen und tröstete ihn. „Du, das nächste Mal brauchst du keine Angst zu haben, dass deine Hände zu klein sind. Die Dinger sind mit einem ärztlichen Wunder zur normalen Größe geschrumpft." Lachend blickten wir uns in die Augen. Ich glaube eine Spur zu tief. Denn sogleich fing mein Herz so eigenartig an zu stolpern, und ich merkte, dass es in meinem Bauch ganz dolle kribbelte.

Vorsichtig schielte ich auf seine blonden Haare, die ihm frech ins Gesicht fielen. Unweigerlich verglich ich ihn mit Nils Holgerson aus der Trickfilmreihe. Er war schon echt süß, aber ich wollte ja ‚Nie mehr!'.

Wir lümmelten uns nebeneinander auf dem Sofa, verschränkten unsere Hände über unseren Bäuchen und machten uns Gedanken über die Zukunft von Karda Loth.

„Sollten wir die nicht zur Putzhilfe degradieren?", fragte ich.

„Ich weiß nicht. Als Pornostar ist sie auf jeden Fall ohne Möpse nichts mehr wert."

„Stimmt, dabei wäre das so perfekt gewesen. Textsicherheit braucht man in diesen Filmen nicht!"

„Ja, also ich finde, dass die Pornoproduzenten an ihr einen wahren Weltstar verloren haben."

Kichernd stießen wir unsere Weingläser aneinander und meinten: „Auf die Möpse."

Auf dem Rückweg war ich später nur einem Gedanken verfallen: Was war das für ein toller Mann! Wie für mich gemacht! Aber ich hatte ja ein neues Motto: ‚Nie wieder!', und daran sollte auch ein Herr Winzer so schnell nichts ändern können, wenn ich ihn doch nur aus meinem Kopf kriegen könnte. Und warum konnte man mich mit Lachen und dummem Gerede so um den Finger wickeln?

„Nur die oberflächlichen Eigenschaften dauern.
Des Menschen tieferes Wesen ist bald entlarvt."
Oscar Wilde

Fluch, oh Fluch, treff ihn sicher

„Ich habe ein Einschreiben für Sie, Frau Sommer!", sagte mein Postbote am nächsten Morgen freundlich zu mir, während er mir den gelben Umschlag reichte und auf eine Unterschrift wartete. Ach du Schande, diese bunte Post hatte nichts Gutes zu bedeuten. Ob Gelb nun für Gericht steht oder Blau für Landkreis oder eine andere Behördenkacke – ich bekomme bei diesen Farben immer Hautausschlag und Eiterpickel. Ich nickte dem Boten lächelnd zu und ging zurück in meine Wohnung, um diese Eilbotschaft in den Müll zu werfen. Natürlich nicht, aber ich dachte schon daran! Dafür las ich mit weit aufgerissenen Augen die folgenden Zeilen:

Sehr geehrte Frau Sommer,

anbei senden wir Ihnen eine von Ihrem Ehemann beglaubigte Abschrift zur Vermögensaufteilung der gemeinsamen Güter. Bei Einverständnis schicken Sie das unterzeichnete Exemplar wieder zu unseren Händen.
Ihr Scheidungstermin wurde aufgrund der Dringlichkeit Ihres Ehemannes vorverlegt auf den 22.05., 8.45 Uhr, im Sitzungssaal 3.

Mit freundlichem Gruß
Justizvollzugsbeamte
J. Berger

Ich zog meine rechte Augenbraue hoch und spottete innerlich über seine Dringlichkeit. Ich überlegte, ob ich an diesem Tag nicht zufällig übel riechenden und juckenden Ausschlag bekommen und höflich eine Stunde vor der Scheidung um einen Ausweichtermin bitten sollte, da ich den festgesetzten leider nicht einhalten könnte. Mit meinem schwarzen Humor ging es dann doch ziemlich schnell rapide bergab, als ich die Aufteilung der Güter begutachtete. Vor Wut schäumend zerknüllte ich das Stück Papier und warf es durch das geöffnete Küchenfenster wohl treffsicher einem Passanten an den Kopf. Grimmig zog ich meine Jacke vom Haken und machte mich wütend, sauer und hochexplosiv auf den Weg zu Uli und dem Hexenkessel. Draußen sammelte ich noch schnell das weiße Bällchen aus der Gosse auf und stieß wilde Verwünschungen gegen diese fiese Gütervereinbarung aus.

Jetzt wollen wir doch mal sehen, wer hier mit dem Teufel um die Wette tanzt!

„Es ist nicht gut zu wissen, man muss es auch anwenden. Es ist nicht genug zu wollen, man muss es auch tun."

Johann Wolfgang von Goethe

Kaum hatte ich den Hexenkessel erreicht, schrie ich auch schon wie eine Irre in den kleinen Laden: „Uli, wo bist du?"

„Ich bin hier hinten! Brüll nicht so, da kriegt man ja einen Schreck bei dem Getöse", antwortete sie und steckte den Kopf zum Vorhang heraus, der als Trennwand zum Laden diente.

Ich stürzte in den Nebenraum, warf mich völlig außer Atem auf einen Stuhl und hielt ihr den Bescheid vom Gericht vor die Nase.

„Lies das mal. Und frag mich dann noch einmal, ob ich mir wirklich sicher bin, ihn mit Elefanteneiern bestrafen zu wollen."

Uli nahm das zusammengeknüllte Bällchen aus meiner Hand, entfaltete es mühsam, las und schüttelte immer wieder ihren Kopf. „Der spinnt doch total ... ist der denn noch ganz dicht ... so ein völliger Idiot", zischelte sie.

„Die antiken Möbel gehörten meinen Großeltern. Das sind meine. Die sind richtig was wert und für mich im äußersten Notfall eine Einnahmequelle. Der hat die ganze Hütte voll davon. Ich sage dir, das ist die Zwölfjährige. Jahrelang im Kindergarten gespielt und jetzt eine auf betuchte Dame machen. Nicht mit mir. Und das Erbe meiner Tante ist unanfechtbar, weil ich das gleich nach der Testamentseröffnung an die Kinder abgetreten habe! Davon will er die Hälfte haben! Der hat doch einen Knall, ich kriege von dem nicht einmal Unterhalt."

„Also Elefanteneier?"

„Ja, in dreifacher Größe!"

„Okay, auch wenn ich mir vor Angst in die Hosen mache. Aber ich denke, dass die geeignete Nacht dafür die Walpurgisnacht ist. Und die haben wir laut Mondkalender nächsten Dienstag!", antwortete sie entschlossen. Also war es abgemachte Sache! Die weiße Magie muss für einen guten Zweck der Schwarzen weichen.

„Es würde viel weniger Böses auf Erden geben, wenn das Böse nicht im Namen des Guten getan werden könnte."

Marie von Ebner-Eschenbach

„Oh, oh, Mama, jetzt brauchst du langsam ärztliche Hilfe. Ich sehe gleich in den Gelben Seiten nach, wer sich für dich am besten eignet", sagte Jolanthe, als ich ihr von meinem Vorhaben erzählte.

„Verpass diesem Gierhals nicht nur Elefanteneier, sondern auch einen Hintern, mit dem er durch keine Tür mehr kommt", gluckste meine Mutter hocherfreut. Und nickte zustimmend zu der ganzen Sache. Der Einzige, der zu der ganzen Aktion zunächst gar nichts sagte, war mein Moritz. Liebevoll strich ich ihm über seine Haare, um die Gedanken, die wild in ihm arbeiteten, zu verscheuchen.

„Was denkst du, Schatz?", fragte ich ihn vorsichtig.

„Wir hatten in der Schule gerade das Thema Hexen. Wusstest du, dass es fünfundsiebzig Folterstufen für diese Frauen gab? Es wurden sogar dreijährige Kinder als Hexenmeister angeklagt und verurteilt. Früher war es so: Wenn eine zu hässlich war, war sie eine Hexe, war sie zu hübsch, war sie auch eine. Rote Haare, Warzen, Sommersprossen waren Merkmale, auf die Neider achteten und dann den Finger hoben und Hexe schrien. Wenn zu viel in die Kirche gegangen wurde, hatten sie was zu verbergen, waren sie zu selten dort, dann war es auch falsch. Wusstest du, dass sie für ihre Hinrichtungen auf dem Scheiterhaufen auch noch bezahlen mussten? Es waren gute Frauen, die ganz viel Wissen über Kräuter hatten. Sie haben Krankheiten geheilt, Kinder auf die Welt geholt und Frauen sogar bei ungewollten Schwangerschaften geholfen. Lass dich bloß nicht erwischen, ich bezahle für dich nicht den Scheiterhaufen!"

Bevor er aus dem Raum ging, zeigte er mit dem Finger noch auf den Schutzzauber an der Wand und sagte: „Und das da kann dir dann auch nicht mehr helfen."

Da hatte er recht. Helfen konnte mir keiner, denn ich hatte zwar keine Sommersprossen, war aber verschrien, den bösen Blick zu haben, mit dem ich Männer verhexe. Ich war schon eine Hexe, da wusste ich noch gar nichts davon, also warum sollte ich mich nicht meiner Berufung stellen und zu Handlungen übergehen?

Jetzt war die Zeit gekommen, sie war reif und schrie förmlich nach Vergeltung an allen, die mir jemals etwas Böses getan hatten. Sie würden sich wundern, wenn ich mit einem Angriff Nacht für Nacht in deren Albträumen bin und diese noch verschlimmere! Denn ein Engel war ich nie – eine gute Hexe schon eher! Aber das hatte nie wirklich jemand erkannt.

„Die Wahrheiten, die wir am wenigsten gerne hören, sind diejenigen, die wir am nötigsten kennen sollten."

Chinesisches Sprichwort

Gesagt, getan. Wir trafen uns am darauffolgenden Dienstag bei mir zu Hause und benutzten die Garage für Hexendienste. Mein neuerworbener Freund Leopold Winzer war von unserem Vorhaben begeistert und schloss sich unseren bösen Absichten an.

„Ich wollte schon immer mal mit echten Hexen um die Wette auf dem Besen reiten!", sagte er augenzwinkernd. Was ich natürlich sehr genoss, denn auch ich wollte schon immer einen Mann haben, der zu jeder

Schandtat bereit war. Er wurde mir durch seinen Witz, seinen Charme und seine Spontaneität langsam wirklich und ernsthaft gefährlich. Herz, oh Herz – pass auf!

Zur Mitternachtsstunde machten wir uns auf den Weg in die Garage zu unserem ‚Corpus Delicti'. Wir zeichneten ein Pentagramm auf den Fußboden und schützten den Kreis mit ordentlich Salz und Baldrian, damit das Böse nicht aus dem Kreis weichen konnte. Eine geweihte schwarze und mit den Initialen meines Noch-Mannes versehene Kerze setzten wir in die Mitte des Pentagramms und zierten es noch zusätzlich mit vielen Teelichten. Nach und nach zündeten wir die Kerzen an, die den Raum erhellten und mystisch erwärmten.

„So, wir wollen uns um den Kreis setzen und uns an den Händen halten", flüsterte Uli, um die Atmosphäre, die uns umgab, nicht zu stören.

„Warte", sagte ich, griff in meine Hosentasche und holte einen Zettel hervor. „Ich muss noch den Fluch auswendig lernen, den ich heute Mittag geschrieben habe!"

„Wie? Einen richtigen Hexenfluch mit allen Kräften der Dämonen und mit dem Segen Luzifers?", fragte Leopold mit verstellter, gruseliger Stimme.

„Du blöder Arsch, lass deine dummen Scherze, ich habe so schon genug Schiss in der Buxe", schimpfte Uli nervös.

„Hört jetzt auf, euch zu streiten", warf ich nervös ein. „Jetzt ist nicht die Zeit dazu." Ich rückte meinen Hintern auf dem kalten Garagenboden zurecht und meinte feierlich: „Ich bin so weit, wir können beginnen!"

Ich streckte meine Hände nach links und rechts aus und umschloss mit festem Griff die Hände von Uli und Leopold. Mit geschlossenen Augen, hochkonzentriert sowie mit explodierender Energie fing ich an, meinem Noch-Ehemann die Männlichkeit zu erweitern und zu vergrößern. Mit durchdringender Stimme und entschlossener, sicherer Haltung sagte ich meinen Spruch auf:

„In der Walpurgisnacht für ihn das Böse erwacht.
Steh auf, du böser Geist im Dunkel der Nacht,
in der die Brut des Bösen lacht!
Hab acht, du dunkle Seele,
dass sich der Fluch entfacht.
Lass uns sehen, wie seine Hoden sich füllen und
schwellen zur Größe von Tennisbällen!
Komm, du böser Geist, komm hervor in der
Walpurgisnacht, in der der Satan wacht!
In dieser Nacht will ich, dass das Böse erwacht!
Die Hoden sollen sich füllen und schwellen zu
Tennisbällen!"

Wir sangen den Text immer und immer wieder. Zuerst ich allein, dann auch die anderen beiden, bis wir im Einklang weiter sangen. Wir setzten so reine Energie frei, dass die Kerzen, die vorher in der Zugluft flackerten, sich keinen Millimeter mehr bewegten. Verschwörerisch und mit der Kerze einig hielt ich den Zettel an die Flamme und schaute zu, wie der in einem Zug verbrannte. Mit einem wohligen Schauer beobachtete ich, dass nur ein winziger Hauch von meiner Verwünschung in Form schwarzer Asche übrig blieb. Mit einem leichten Windzug, den wir alle schauerlich bemerkten, zog der Fluch aus und das Böse nahm seinen Lauf.

Die Luft in der Garage war geschwängert von meinem innerlichen, nicht zur Ruhe kommenden Zorn gegen meinen Noch-Gatten, der vor Gott Treue geschworen und jämmerlich versagt hatte.

Nein, jetzt lüge ich! Hier ging es um die Möbel, die mir gehörten, und um den Strom, den er nicht bezahlt hatte, und, und, und ...

Wir blieben noch, uns an den Händen haltend, still um den gesicherten Kreis sitzen, als plötzlich eigenartige Geräusche um uns laut wurden.

„Was ist das jetzt?", fragte Leopold erschrocken.

„Scheiße! Wir haben einen Dämon gerufen! Jetzt haben wir ein entsetzliches Problem!", meinte Uli mit weit aufgerissenen Augen und recht blass um die Nasenflügel.

„Erzähl nicht so einen Scheiß. Oder willst du, dass ich mir gleich in die Hose mache?", fragte ich ängstlich.

„Ich kack auch gleich ein!", antworteten Uli und Leopold wie aus einem Mund und sahen recht weiß aus.

Um die Garage wurde es immer lauter. Gegenstände schienen umzufallen oder durch die Gegend zu fliegen. Ich beugte mich über das Pentagramm und wollte die schwarze Kerze ausblasen, um dem Unwesen, das draußen tobte, ein Ende zu bereiten, als Uli schier außer sich geriet und mich anschrie: „Was tust du da? Entweder ausbrennen lassen oder ausdrücken, nie im Leben pusten."

„Mir reicht es jetzt mit euch Hexen, ich kack mir gleich wirklich in die Hosen!", sagte Leopold und machte sich zum Aufbruch bereit.

„Okay, wir beenden das Ritual. Es wird schon funktioniert haben und die Eier werden wachsen und gedeihen wie Kokosnüsse!", beschloss ich. Als wir die Tür öffneten, trauten wir unseren Augen nicht. Alle Katzen der Straße oder vielleicht auch des ganzen Ortes hatten sich vor dem Garagentor versammelt und machten ein Theater, das sich gewaschen hatte. Sind nicht die Katzen die besten Freunde der Hexen? Nein, vielleicht war es auch der Baldrian, der sie alle rief ... Wer weiß den wahren Zauber ...

> *„Erfahrungen sammelt man wie Pilze; einzeln und mit dem Gefühl, dass die Sache nicht ganz geheuer ist!"*
>
> *Erskine Caldwell*

Treffsicherheit

Nach einer Woche hatte ich einen Arzttermin, den ich wegen vieler Behördengänge zuerst absagen wollte. Nur gut, dass ich das nicht getan habe, mir wäre sonst etwas Außergewöhnliches durch die Lappen gegangen.

Als ich so ganz entspannt im Wartezimmer eine der Klatschzeitungen zur geistigen Speise nahm, bekam ich helle Aufregung im Vorzimmer mit.

„Ach herrje, was ist denn mit Ihnen passiert, Herr Sommer!", hörte ich die Sprechstundenhilfe aufschreien. „Kommen Sie hier entlang! Ich setze Sie, bis sich der Doktor das ansehen kann, ins Quarantänezimmer!"

Meine Neugier trieb mich vorsichtig hinter die Tür zum Wartezimmer und ich blickte gespannt durch den Türschlitz. Was ich sah, ließ mein Hexenherz höher schlagen!

Mein Ex-Gatte – oder wie ich ihn sonst noch nennen konnte und sollte – war in einem jämmerlich entstellten Zustand, sein Hals und sein ganzer Kopf waren verformt und aufgedunsen. Ich meinte sogar, gesehen zu haben, dass er vor qualvollen Schmerzen heulte.

Mir trieb es die Schadenfreude in die Mundwinkel sowie ein leichtes Kitzeln in meinen Bauch. Ich hatte es geschafft, ich war eine richtige, wahre Hexe oder auch die Braut des Teufels, Belzebubs, Satans, Luzifers oder wie auch immer sein Name war. Der Fluch wirkte!

Der gnädige Herr Sommer war infiziert mit Elefanteneiern, die ihm meine Freunde und ich an den Hals gehext hatten. Es irritierte mich allerdings etwas, dass er die Dinger merkwürdigerweise deplatziert am Hals trug. Aber egal: Er hatte welche und die standen ihm ausgezeichnet!

„Wer darf sagen, dass er an der Freude ver-
zweifle, solange noch Arbeiten lohnen und Hoff-
nungen einschlagen."

Friedrich Schiller

„Uli", schrie ich in den Laden, als ich aufgeregt und überaus glücklich die Tür zum ‚Hexenkessel' aufstieß. „Er hat
die Eier, er hat die Eier! Er hat sie mitten im Gesicht!"
Ich fing herzhaft an zu lachen, als Uli vor Schreck in die
Knie sank.

„Oh je, heißt das, dass wir jetzt böse Hexen sind? Ehrlich gesagt, hatte ich nicht im Traum daran geglaubt,
dass unser Experiment anschlägt. Ich neige eher zu den
ausgleichenden vier Elementen von Mutter Erde, um
Hilfe zu rufen, und nicht dazu, Satans Brut zu kontak-
tieren. Ich habe jetzt voll die Gänsepelle und kriege
heute Nacht bestimmt die schlimmsten Albträume, die
ich je hatte!"

Ich schlug die angehende Panik, die sie beschlich, mit
einer abwinkenden Handbewegung in den Wind und
beteuerte, dass es doch einem guten Zweck diente und
das Ritual nicht wiederholt werden müsste, weil die
Eier an eine weitaus bessere Stelle exportiert worden
waren, als ursprünglich vorgesehen.

Ich erzählte Uli mit Händen und Füßen ausgiebig, was
ich gesehen hatte, doch die Arme wurde immer blasser
und blasser. „Ich bin eine echte böse Hexe", brabbelte
sie vor sich hin und suchte das passende Räucherzeug
zusammen, um sich zu reinigen.

„Ach quatsch doch nicht", neckte ich. „Es war alles für
einen guten Zweck."

Später verließ ich den Hexenkessel hoch motiviert und als endgültige Junghexe, vor Übermut hätte ich am liebsten einen Besen geritten. Worüber sollte ich mir jetzt noch Sorgen machen? Hex, Hex, und der Alte kriegt einen Schreck! Ich lachte und sang und tanzte barfuß um den Marktbrunnen, ich tanzte ein Dankbarkeitsritual. Nur an Uli nagte so sehr das schlechte Gewissen, dass sie postwendend alle Reinigungszauber machte, für die sie sogar Weihwasser aus der Kirche holte.

„Nebenbei bemerkt, möchte ich sagen, dass das erst Mal, als Adam eine Chance hatte, er alle Schuld der Frau zuschob."

Nancy Astor

Verwirrt und das nicht vom Alkohol

„Er mag dich!", sagte meine Mutter, als ich nach einiger Zeit der Abstinenz mal wieder in ihrer Küche saß und wir uns als unsere besten Freunde genossen.

„Ja, Mama, ich mag ihn auch!", antwortete ich leichtfertig.

„Er mag dich wirklich!"

„Mama, ich ihn auch!"

„Leotine, er mag dich aber wirklich so richtig!"

„Mama, lass es, ich habe verstanden, dass er mich mag", sagte ich jetzt leicht genervt. „Ich mag ihn ja auch. Er ist alles andere als ein Warmduscher und ein Langweiler. Er ist – wie ich – durchgeknallt und auf der Flucht vor sich selbst und den Medikamenten, die er einnehmen müsste!"

„Hey, sag mal, begreifst du gar nichts mehr? Er mag dich nicht nur, er ist verliebt in dich!"

Na klasse! Das war jetzt genau das, was ich brauchte. Vor Schreck lief mir mein Johnny in die falsche Kehle und ich dachte, dass ich vom Husten und Würgen jämmerlich sterben würde. Mit einem großen, breiten, dämlichen Grinsen saß meine Mutter vor mir und freute sich wie ein kleines Kind auf den Weihnachtsmann.

„Und wenn er hier ist, nennt er dich liebevoll ‚meine kleine schwarze Hexe'!"

Meine Mutter feierte ihren Triumph und meinen bescheuerten Gesichtsausdruck.

„Nee, nee, nee, Mama, ‚Nie mehr!' habe ich mir geschworen!"

Zur Unterstützung schüttelte ich energisch meine schwarze Mähne. Aber wenn ich so darüber nachdachte, schien doch etwas daran zu sein. Denn bei unserem

Ritual der Hexenkünste hielt er sehr weich und zart meine Hand fest. Und der Blick, den er mir aus seinen traumhaft blauen Augen zugeworfen hatte, sollte der tatsächlich und wahrhaftig nur mir gegolten haben? Oh je, oh je, und nun?

Wie sollte ich, nachdem mir das so unverblümt mitgeteilt worden war, diesem Mann gegenübertreten? Ich war nicht einmal geschieden – noch nicht. Ich leerte mein Glas mit einem Schluck und schob das Durcheinander in meinem Kopf dem Johnny zu.

> *„Ein bisschen von dem, was du dir einbildest, tut dir ganz gut."*
>
> *Marie Lloyd*

Seit dem Gespräch mit meiner Mutter befand ich mich in einer durcheinanderbringenden Gefühlsduselei! Kribbeln im Bauch, kopflose Handlungen, hören ohne hinzuhören, sehen ohne etwas wahrzunehmen – Dinge eben, die man tut, wenn man verliebt ist! Aber wieso? Ich kannte ihn doch gar nicht. Klar, wir hatten nette Gespräche. Aber deshalb gleich so eine Reaktion? Was ist mit meinen Prinzipien? War nicht mein Schlagwort ‚Nie mehr!'? Alles über den Haufen geworfen für strahlende blaue Augen, ein charmantes Lächeln, blonde Haare und einen wahnsinnig gut gebauten sexy Hintern? Mir fiel auf, dass ich Sehnsucht nach meinem Duden hatte, den ich seit geraumer Zeit nicht mehr in die Hand genommen hatte, um mich zu trösten. Also ab zum Bücherregal und einmal nachsehen, was unter ‚Gefühl' so erklärt wird!

Gefühl – seelische Regung, innere Bewegung;
ein Gefühl der Freude, der Trauer, des Mitleids;
herzliche, innige, warme, zärtliche Gefühle

Sollte ich das schon empfinden: Warme, zärtliche, innerliche Regungen, nach ein paar Wochen? Drei Wörter weiter fand ich:

Gefühlsduselei – übertriebener Ausdruck von
Gefühl

Das wird es wohl sein, ich bin vierzig Jahre alt, befinde mich in einer unheilbaren nervlichen Anspannung und schwelge in Wunschvorstellungen diesen Mann betreffend. Quark, ich bin einfach nur in meinen eigenen Hormonschwankungen gefangen. Oder befinde ich mich gegebenenfalls in dem hormonellen Profil einer Fünfzehnjährigen? Hilfe, was ist mit mir los? Vielleicht sind es auch die angehenden Wechseljahre, auf die ich zusteuere und die mich hartnäckig umhauen wollen!
Ich sah schnell noch einmal nach, was unter ‚Wechseljahre' erklärt wurde, fand es aber genauso wenig wie ‚alleinerziehend'. Hat jemand unbemerkt Seiten rausgerissen? Komisch war schon, dass all das, was mich betrifft, in diesem Buch nicht einmal ansatzweise zu finden ist. Sollte ich das jetzt persönlich nehmen oder als böses Omen betrachten? Vielleicht hatte aber auch das Universum seine Finger im Spiel?
Oder entpuppte sich mein Lieblingsbuch einfach nur als eine Katastrophe zwischen Sachbüchern und Liebesromanen?

Ich klappte das dicke gelbe Buch zusammen und stellte es erst einmal weit nach oben, in die hinterste Ecke, zu den Büchern über Hexenprozesse und Dämonen.

„Der gesunde Menschenverstand ist der Türhüter des Geistes: seine Aufgabe ist es, verdächtigen Ideen den Zutritt zu verwehren."

Marie d'Agoult

Ich brauchte einige Tage, um mich zu sammeln. Wenn Leopold anrief, dann war ich gerade nicht zu Hause. Seine weiche Stimme am Telefon irritierte mich genauso wie seine Anwesenheit. Mit Lügen ging ich diesem Mann aus dem Weg, um mit mir und meinen Gefühlsregungen in Einklang zu kommen. Einen Versuch war es wert, aber was war eigentlich mein Versuch? Einem festgeschriebenen Buch auszuweichen? Mit dem Schicksal, das mir einen wunderbaren Mann bescherte, zu spielen? Ich wurde in meinen Gedanken immer konfuser, unsicherer und wankelmütiger. Langsam wurde mein ‚Nie mehr!' blass und durchsichtig. Nachts starrte ich das Telefon an und drehte mich unruhig von einer Seite auf die andere. Ich hätte dem sofort ein Ende bereiten können, wenn ich nicht so störrisch, dickköpfig und verbissen auf meiner konsequenten Haltung bestanden hätte. Nachdem ich mich zum hundertsten Male im Bett umhergeworfen hatte, grübelte ich tatsächlich über einen Vergessenheitszauber nach und ordnete im Kopf schon die Zutaten für diesen Trunk, den ich literweise in mich hineinschütten wollte, um wieder klar denken zu können. Ich grinste vor mich hin bei dem Gedanken, dass er vor mir stehen könnte und ich der Meinung war, einen wildfremden Menschen vor mir zu haben. In dem Film, der sich in meinem Kopf abspulte, sagte ich zu einem imaginären Leopold, der sich plötzlich neben mir befand: „Unterlassen Sie auf der Stelle Ihre Belästigungen, sonst bin ich gezwungen, die Polizei zu alarmieren und Sie umgehend verhaften zu lassen!"

Ja, ich wollte sofort und ohne Umschweife den Zaubertrunk. Ich wollte schlafen, entspannen und mich erholen für neuen Tatendrang und nicht wie eine Besessene über einen Mann nachdenken. Ich sah bereits meine Mutter vor mir, am Küchentisch sitzend mit einem gut gefüllten Glas John, Jim oder Jack, mir zuprostend und sagend: „Man kann seinem Schicksal nicht entrinnen. Wir suchen es, wir fordern es heraus und wir nehmen es an. Weil es uns in Sicherheit wiegt!"

So ein Blödsinn, ich bin Herr aller Dinge und intelligent genug, um das anzunehmen, was die Bibel schon sagte: Jeder ist seines Glückes Schmied. Von wegen Schicksal ...

Jaja, so sind halt die wahren Hexen: Für alles gibt es Ausreden, Zaubersprüche und Rituale! Eigene Schicksale können von Hexen beeinflusst, umgekehrt oder auch vernichtet werden. Und über meins halte ich wachsam ein Auge.

„Das, was wir Schicksal nennen, tritt nicht von außen an uns heran, sondern es tritt von innen an uns heran."

Rainer Maria Rilke

Der Fluchträger

Am nächsten Morgen wurde ich durch dauerhaftes Klingeln an der Tür aus meinem wohlverdienten Schlaf gerissen. Völlig übermüdet und mit dick geschwollenen Augen öffnete ich.

Ich denke, unter normalen Umständen wäre ich vor Schadenfreude in die Knie gesunken, als ich den Grund des Sturmklingelns erkannte. Denn vor mir stand mein Noch-Gatte mit seinen exzellenten Errungenschaften von Elefanteneiern am Hals. Dick, fett, einen Schal um die Eier gebunden und mit einer übergroßen, dunklen Sonnenbrille auf der Nase, damit er nicht erkannt wurde, stand mein Göttergatte wie ein jämmerlich platzierter Hundehaufen vor meiner Tür.

„Guten Morgen, Leotine! Darf ich einen Moment reinkommen?", fragte er weinerlich. Grinsend schob ich die Tür weiter auf und gewährte ihm Einlass.

„Ach nee, lieber doch nicht! Das können wir auch gerade hier zwischen Tür und Angel klären", stammelte er, als er sichtlich zögerte, seinen Fuß über die Türschwelle zu setzen. Nervös und fahrig blickte er auf meinen Schutzzauber, der für alle Gäste gut sichtbar angebracht war, um Böswilligkeiten sofort entgegenzuwirken. Gebannt starrte er auf mein Kunstwerk und wirkte unsicher und gehemmt.

Aha, dachte ich, *so sieht das aus.*

Als ich begriff, was ihn daran hinderte, über die Schwelle zu gehen, lockte ich ihn hinterhältig trotzdem in die Wohnung.

„Ich kann dir auch einen Kaffee kochen und wir können entspannter über das reden, was du schwer zu tragen hast!"

Ich glaubte, nicht mehr Herrin über meine Stimmbänder zu sein, als ich das sagte, denn es hörte sich an wie die Hexe von Hänsel und Gretel, die die Kinder aufforderte, in ihr Lebkuchenhaus zu kommen, damit sie sich satt und fett essen konnten. Ich erschrak nicht einmal darüber. Gespannt wartete ich auf seine Reaktion und die Antwort, um ja nicht in das Heim unserer Kinder und mir treten zu müssen.

„Nee, nee, ich möchte euch nicht anstecken! Ich wollte nur sagen, dass ich krank bin und die Kinder zu unserem geplanten Ausflug nicht holen kann!"

Böse lachte ich ein Hexenkichern in mich hinein. *So, so,* dachte ich. *Krank ist er? Auch noch ein schlechter Lügner! Und Eintreten kann er also nicht, weil er uns sonst anstecken würde. Na, eine dümmere Ausrede hätte er jetzt nicht bringen können.*

Ich gehe davon aus, dass meine kleine versteckte Satorformel ihn daran hinderte, in die Wohnung zu kommen, weil er etwas ganz Böses gegen uns im Schilde führte. Ich wusste es, er war durch und durch mit zum Himmel stinkender Schlechtigkeit verseucht!

„Was hat er denn so Ansteckendes?", fragte ich und forderte ihn ein weiteres Mal zum Lügen auf.

„Eine Kinderkrankheit hat mich erwischt. Diagnose Mumps."

Oh nein, in mir brach eine Welt zusammen. Das konnte nicht sein! Das durfte nicht sein! Mein Zauber hatte nicht gewirkt? *Aber hallo – Form wahren und entspannen,* schalt ich mich selbst, als mir ein Artikel einfiel, den ich im Wartezimmer in einer Ärztezeitung gelesen hatte. Sehr schnell erholte ich mich von meinem

Schreck, doch keine Hexe zu sein, und behielt die Fassung. Denn machte Mumps nicht im Erwachsenenalter impotent?

Elefanteneier oder taube Nüsse – beides war mir, jedes auf seine Art und Weise, völlig recht!

> *„Takt ist, wenn man's genau betrachtet, eine Art von Hellseherei."*
>
> Sarah Orne Jewett

Lauf, Leotine, lauf!

Nachdem mir ein Blick in den Kühlschrank verriet, dass meine Kinder kurz vor dem Hungertod standen, machte ich mich auf den Weg, um einmal ordentlich einzukaufen.

Als ich relaxt an der Wursttheke stand und im Stillen über ein leckeres gemeinsames Abendessen mit den Kindern nachdachte, erschrak mich ein Luftzug an meinem linken Ohr und eine mir wohlbekannte Stimme, die weich und leise flüsterte: „Na, meine kleine Hexe, was planen wir denn für einen Hexenschmaus?"

„Leopold, du hier? Was machst du hier?", stellte ich zwei bekloppte Fragen gleich hintereinander.

„Ich denke Einkaufen – oder wie nennt man das sonst!" Ich starrte wie hypnotisiert auf seine feucht schimmernden Lippen.

Leicht beugte er sich zu mir und ich war versucht, meine Augen zu schließen, um den Kuss, den er mir wohl geben wollte, willenlos über mich ergehen zu lassen! Aber so frech er zuerst auf meine Lippen zusteuerte, umso frecher kratzte er die Kurve zu meiner Wange, um mir wieder mit seiner erotischen, wahnsinnig weichen, nicht von dieser Welt stammenden Stimme zu sagen: „Was hältst du von einem schönen Abend zu zweit? Wir beide, eine Flasche Wein und in Knoblauch gelegte Scampis in Weißweinsoße?"

Wie Knoblauch? Heißt das, dass der verdammt gut aussehende Typ nicht über mich herfallen will? *Aber ich will,* schrien alle meine Sinne, soweit sie noch aktiv waren. Ich schluckte trocken und räusperte mehrmals.

Der Kloß im Hals wollte sich nicht lösen. Bewegungsunfähig und wie vom Blitz getroffen versuchte mein

Hirn, Befehle zu erteilen, eine Regung von Gleichgültig-
keit oder spontane Freude oder auch Enttäuschung
darüber, dass die nächsten Jahre leider für ein
Abendessen zu zweit schon ausgebucht waren. Aber
mein Hirn lebte nicht mehr, es reagierte mit Nulllinie.
Ich war spontan hirntot und brachte keine Antwort hervor.

„Du, Leotine, ich denke, dass du morgen hier noch
stehst und nach Worten suchst! Ich komme morgen um
drei Uhr hier einfach noch mal vorbei und frage dich
dann noch einmal, ob du mit mir zu Abend essen möchtest!"

Nach diesem Satz ließ er mich, die ich immer noch nicht
wieder der deutschen Sprache mächtig war, zurück, lächelte ein wissendes Lächeln und ließ mich mit meinem
gerade frisch verschiedenen Hirn einfach stehen.

„Die Entfernung ist unwichtig. Nur der erste
Schritt ist schwierig."

Marquise du Deffand

Pendel und Co.

„Guck mal, Jolanthe, die ganze Bude ist blau. Hier brennt es!", hörte ich Moritz schreien. Darauf folgten Zischen und Fensterklappern.

„Na klasse, Mama", ertönte Jolanthes herrisches Kreischen. „Wie bringt man es nur fertig, dass Kartoffeln anbrennen und der Braten im Ofen so verkohlt ist, dass er aussieht wie ein Stück Holzkohle für den Grill?"

„Wo ist die überhaupt?", erklang erneut Moritz' Stimme. In die Suche meiner Kinder hinein klingelte die Haustür.

„Wo ist eure Mutter?", hörte ich meine Mutter fragen.

„Keine Ahnung, so wie das hier aussieht, muss sie das Haus verlassen haben, kurz bevor die Sirene zum Bombenalarm ertönte!"

Es klingelte ein zweites Mal.

„Hallo Uli. Was machst du denn hier?", sagte meine Mutter, nachdem sie die Tür geöffnet hatte.

„Leotine hat angerufen, dass ich sofort vorbeikommen soll. Keine Ahnung, was sie hat. Wo ist sie denn?"

„Das fragen wir uns auch gerade. Ich wollte eben einmal in ihren Kleiderschrank gucken, ob noch alles da ist!"

„Guck lieber in den Schuhschrank. Wenn die roten Hochhackigen noch da sind, ist sie mit tausendprozentiger Sicherheit noch im Haus, auf jeden Fall unter den Lebenden, aber auf keinen Fall zwischen Asylberechtigten in einem fernen Land!", meinte Moritz allwissend.

Ich bekam mit, wie sie durch das Haus liefen, um mich zu suchen. Sie riefen, stöberten und schlichen in jedem Zimmer umher und fanden mich endlich im Kleiderschrank, aufgelöst und heulend, verbuddelt unter alten Wintersachen.

„Hi Süße, was ist denn mit dir passiert?", fragte Uli liebevoll.

Ich schluckte noch ein paar Mal, versuchte dabei, die Sperre aus meinem Hals zu lösen, nahm meine Tarotkarten, mein Pendel und Leopolds Bild und sagte heulend: „Er liebt mich – sehr sogar. Und wir kriegen noch ein Kind!"

„Na, jetzt sehe ich kein Entkommen mehr vor dem Scheiterhaufen. Sie entwickelt sich immer mehr zur Hexe, fehlt nur noch, dass sie wie eine Irre auf dem Besen durch den Schornstein jagt und vom Teufel persönlich begrüßt wird!", flüsterte Moritz seiner Schwester zu und verdrehte genervt die Augen.

„Das Leben ist eine Kunst, in der es leider zu viele Dilettanten gibt."

Carmen Sylvia

Das Eingeständnis

Ich fühlte mich – was mein Interesse an der Esoterik und dem Okkultismus anging – völlig unverstanden und allein gelassen. Außer von Uli natürlich. Mein Sohn, der mit mir sehr innig und geistig verbunden war, sah mich insgeheim schon auf dem Scheiterhaufen. Meine Mutter überlegte mit Sicherheit schon, welcher Psychiater für mich infrage käme, und Jolanthe freute sich tierisch auf den bevorstehenden Nachwuchs, obwohl es noch nicht einmal zum körperlichen Einsatz in diese Richtung gekommen war.

Und ich? Was war eigentlich mit mir? Ich war verliebt, das wusste ich so sicher wie das Amen in der Kirche. Und das schon, glaube ich, seit ich Leopold das erste Mal in der Schule gegenübersaß.

Er war so anders als das, was ich bisher kannte. Er war sportlich, liebevoll, aufmerksam und spontan, ein hervorragender Vater und zeigte allgemeines Interesse an seinem Umfeld. Vor Kurzem sah ich ihn mit seiner Ex und das gefiel mir gar nicht. Ich fragte mich, warum ich so biestig reagierte, ich hatte keinen Anspruch darauf, mit einem Stich im Herzen meine Schultern hängen zu lassen oder auch mich zickig und eifersüchtig abzuwenden! Ich hätte freundlich ‚Guten Tag‘ sagen sollen. Aber nein, ich nahm natürlich ohne Grund wegen der Vertrautheit der beiden meine Beine in die Hand und ergriff die Flucht. Und während meines Fortlaufens wurde mir klar, dass ich diesen Mann wollte. Ich wollte ihn so sehr, dass es schon innerlich in mir wie ein Feuer brannte. Ich konnte ihm schon etwas länger nicht mehr in die Augen sehen, ohne dass mein Herz nach Liebe und körperlichen Zärtlichkeiten schrie, ich wollte ihn endlich besitzen, mit ihm spielen und ihn verzaubern, verhexen mit all meinen weiblichen Reizen!

Und deshalb wurde mir auch bewusst, dass ich diejenige war, von der der nächste Schritt ausgehen musste. Schließlich brauchte ich niemandem Rechenschaft darüber abzulegen, wie ich mein Leben weiterhin verbringen wollte und schon gar nicht darüber, mit wem. Die Trennung von meinem Mann war vollzogen und ich war mir sicher, dass ich den nicht wieder zurückhaben wollte. Auf zu neuen Zielen, auf zum neuen Glück und auf zu neuen Werten, ohne daran zu denken, was irgendwelche missgünstigen, neidischen, raffgierigen, weltfremden Ex-Freunde von mir halten! Vielleicht sollte mein neues Motto von nun an lauten: ‚Nie mehr Kompromisse eingehen!'. Und nie mehr Menschen an mich heranlassen, die unehrlich und falsch waren. Warum war ich eigentlich so schwierig und machte mir Gedanken, was andere denken und eventuell ausrichten konnten? Ich war doch sonst nicht so. Und mit meinem Talent zur Hexenkunst hatte ich doch die Trümpfe in der Hand. Ich war diejenige, die nur in die Garage gehen brauchte, um alle, die mir was Böses wollten, mit einem Umkehrzauber zu belegen.

„Wer wagt, selbst zu denken, der wird auch selbst handeln."

Bettina von Arnim

Zauberei oder Fügung?

Ich hatte seit einigen Tagen eine ältere Freundin, doppelt so alt wie ich, mütterlich und extrem verrückt und mit sehr jung gebliebenen Ansichten. Und sie war eine Hexe mit feuerroten Haaren. Von ihr lernte ich das Kartenlegen, den richtigen Umgang mit dem Pendel, das Traumdeuten, im Kaffeesatz zu lesen und was noch alles zu einer perfekt ausgebildeten Hexe gehörte.

Wir legten für Leopold und für mich die Karten und erfuhren, dass nur wir zusammen unser Glück finden würden; alles, was wir im Nachlesen ausprobieren konnten, taten wir und erfuhren immer dasselbe: gemeinsames Glück, große Liebe und als Krönung ein Kind.

Ich hatte anfänglich etwas Zweifel an der Genauigkeit und Wahrheit des Kartenlegens, doch als wir fünf Tarotkarten nach und nach auf den Tisch legten und die in der Mitte aufdeckten, waren alle Bedenken, die ich hegte, Vergangenheit und ich fing an, fest daran zu glauben.

„Sieh einmal an, das ist doch schon einmal ein gutes Zeichen. Die erste Karte ist die Königin der Münzen. Das ist eine gute Gefährtin, eine mütterliche Frau mit goldenem Herzen, starkem Körper und wachem Geist. Die Frau tritt in dein Leben. Sie verfügt über Realitätssinn, ist mitfühlend, fürsorglich und sinnesfroh. Sie kündigt dir Nachwuchs an, aber auch familiäre Zufriedenheit."

Ich guckte meine neue Freundin wie ein kackendes Reh über den Tisch an und sagte aufgeregt: „Tante Urban, das bist du! Wir haben gestern zusammen gependelt und da hast du mir gesagt, dass Leopold mich sehr liebt und wir zusammen ein Kind bekommen werden."

„Ja, das stimmt! Oh mein Gott, ich bin deine gute Gefährtin."

Wir fielen uns in die Arme und begrüßten uns mit einem lachenden und einem weinenden Auge als Freundinnen. Von diesem Zeitpunkt an hatte ich weder Bedenken noch Zweifel, was die Karten betraf, und an meiner älteren Freundin schon überhaupt nicht. Alles das lief ständig in meinem Kopf umher, als ich die letzten Tage Revue passieren ließ. Ich wusste nun, dass da ein Mann war, der zu mir gehörte, wir waren wie füreinander geschaffen. Wir waren füreinander bestimmt.

Was hatte Moritz gesagt, als ich den Schutzzauber fertig gestellt hatte? „Mama, Jonas sagt, sein Vater findet dich ganz toll."

Na ja, lieber Vater, dann sollten wir doch langsam zur nächsten Stufe schreiten!

> *„Ich halte es für unmöglich, dass die Liebe sich*
> *damit begnügt, auf der Stelle zu treten."*
> *Teresa von Avila*

„Wie hast du denn die alte Dame kennengelernt?", hakte Uli nach, während sie ihre Kräuter und Teesorten in die dafür vorgesehenen Behälter und Regale packte.

„In der Altstadt im ‚Teufelsbraten'. Sie hat dort gesungen!"

„Wie? Sie singt? Was denn? Vielleicht noch Hexenreime?", frotzelte Uli hinter meinem Rücken.

„Nein, sie wird für Veranstaltungen gebucht und singt Lieder, die man jeden Tag auch im Radio zu hören kriegt. Ihre Stimme könnte man mit der von Marlene Dietrich vergleichen, ganz tief und verrucht. Sie ist total verrückt für ihr Alter. Vor Kurzem saßen wir vor ihrem Kleiderschrank und ich dachte nur, meine eigene Mutter würde ich nach ihrem Geisteszustand fragen. Aber zu Tante Urban passt jedes durchgeknallte Teil!"

Ich ging Uli etwas zur Hand und stöberte in den Gewürzen und Kräutern, als ich nach einer Enzianwurzel griff und sie in meinen Händen hin und her drehte, daran roch und selbstvergessen begutachtete.

„Ah", meinte Uli nicht ganz ohne Anerkennung. „Du scheinst schnell von deiner neuen Freundin gelernt zu haben. Die Wurzel ist eine nicht wegzudenkende Zutat für ein Liebesgetränk. In Champagner gerieben und acht Tage mit aufgegossenem Rotwein der Sonne ausgesetzt, wirkt sie wahre Wunder für eine Liebe, die noch eine werden soll! Das in trauter Zweisamkeit zu sich genommen, sorgt für Entspannung und Aufgeschlossenheit."

Ich lächelte und dachte an Leopold.

„Komisch nur, dass Leopold gestern erst gezielt genau diese Wurzel ansteuerte, findest du nicht auch?" Lachend wie eine böse Hexe trat sie hinter mich und sagte weiter: „Er hat was mit dir vor, er will dich zu seiner willenlosen Sklavin machen. Dich, Hexe, wie der Teufel selbst anbeten und besitzen!"

Ich lachte jetzt mit ihr.

„Hör auf, du machst mir Angst. Vielleicht ist er ja wirklich der Leibhaftige in Menschengestalt? Vielleicht bin ich deswegen so vernarrt in ihn. Aber was mag der Grund sein, dass ich so zögere?"

„Hast du nicht die Karten gefragt oder es ausgependelt? Ich kenne den Grund, glaube ich zumindest. Du hast

Schiss, dich fallen zu lassen und deinen Traummann zu genießen. Du solltest jetzt endlich deine Sperre lösen und es zulassen! Was kommen soll, das kommt auch so, nur etwas verspätet und verhaltener. Und was schon im Buch geschrieben steht, kann man ohnehin nicht mehr wegradieren. Und eure Geschichte steht so fest, wie der Arsch der Bronzehexe auf dem Hexentanzplatz blank ist!"

Sie hatte recht. Ich nahm später drei von den Enzianwurzeln mit.

„Man sollte die Dinge so nehmen, wie sie kommen. Aber man sollte auch dafür sorgen, dass sie so kommen, wie man sie nehmen möchte."

Curt Goetz

Kopf sitzt nicht ganz

Durch das ganze Drum und Dran in meinem Kopf vergaß ich doch fast meine eigene Scheidung. Ehrlich gesagt ‚hatte‘ ich sie vergessen. Um zehn Uhr klingelte es wieder einmal bei mir an der Tür und mein Ehemann – so dachte ich zu diesem Zeitpunkt noch – stand vor mir mit einem Strahlen im Gesicht und kleiner gewordenen Elefanteneiern am Hals.

„Ja, eigentlich hatte ich von dir auch nichts anderes erwartet. Du hast deine eigene Scheidung verpennt!“, sagte er zur Begrüßung.

„Wie? Was? War die heute?“

Ich stürzte zu meiner Pinnwand in der Küche und schaute auf die Ladung vom Gericht. Tatsächlich: 22.05., 8.45 Uhr. Mist!

„Herzlichen Glückwunsch zur Scheidung! Du bist wieder ein freier Mensch und kannst noch mehr Unheil anrichten, als du es eh schon tust“, meinte er eine Spur zu ironisch.

„Was soll das heißen? Willst du mich jetzt gleich wieder auf die Palme bringen, so frisch, fröhlich und glücklich geschieden, wie ich seit einer Stunde bin?“

„Nee, ich hatte nur richtig Spaß, als die Kinder mir von deinem neuen, kreativen und ausgeprägten Hexenwahn erzählten.“

„Das ist kein Wahn. Das ist todernst!“, antwortete ich, inzwischen schon sehr gereizt und sauer auf meine Kinder, die wohl nichts Besseres zu tun hatten, als bei ihrem Vater über mich herzuziehen.

„Ganz klasse fand ich das mit den Elefanteneiern, Leotine. Schade nur, dass ich tatsächlich an Mumps erkrankt war, findest du nicht auch?“

„Raus hier! Sofort! Ich habe dir nichts mehr zu sagen!",
brüllte ich meinen Ex-Mann an und zeigte mit ausge-
strecktem Arm zur Tür. Mit lautem Knall warf ich die
Tür hinter ihm zu und ärgerte mich über seine blöden
Sprüche. Ich würde mich nicht unterkriegen lassen.
Also riss ich noch einmal die Tür auf und schrie das
Treppenhaus hinunter: „Lach du nur, auch wenn es nur
eine Kinderkrankheit war. Aber die tauben Nüsse sind
dir sicher, du ... du ... du intoleranter, blöder Arsch!"

*„Wer die Augen offen hält, dem wird im Leben
manches glücken. Doch noch besser geht es dem,
der es versteht, eins zuzudrücken."*

Ludwig Francke-Hagedorn

Wer oder was ist *Nie mehr*?

Langsam sah ich ein, dass ich in meinem Leben etwas ändern musste. Und ausgerechnet war es das ‚Nie mehr' – das mir seit Tagen im Kopf herum spukte. Äußerlich weigerte ich mich hartnäckig, aber in meinem Herzen sah es schon anders aus. Nachts hörte ich, wie meine beiden Dämonen stritten. Teufelin war der Überzeugung, dass ich mal ordentlich die Sau rauslassen sollte. Und das Engelchen baute auf meine Keuschheit.

„Der Typ ist so scharf, Leotine. Stell dir mal vor, wie du ihm wollüstig in sein blondes Haar greifst und ihn an deinen Busen ziehst."

„Na, na, na, nu werd mal nicht komisch. Ist wohl zu heiß da, wo du herkommst?", brüskierte sich Engelchen.

„Wieso? Bei dem Wichser konnte sie nur über eine halbnackte Eichel streicheln. Die echte hat sie Urzeiten nicht mehr gesehen. Oder Leotine, weißt du noch, wie ein erigierter Penis aussieht?"

Ich schluckte und das gute Gewissen regte sich auf.

„Als ob es hier nur um den Penis geht", ich spitzte die Lippen und meinte gedanklich – *na ja!* „Leotine, höre auf dein Herz. Mach keine übereilten Schritte." Ich schluckte ein zweites Mal und blieb stumm.

„So ein Blödsinn. Höre niemals auf dein Herz, es ist trügerisch. Der Bauch sagt dir genau, was Sache ist", konterte die Teufelin und spielte mit ihrem Schweif. „Der ist so Hammer, nimm ihn dir. Am besten noch in dieser Stunde!"

„Nein. Es hat alles noch Zeit", warf das Gute ein und nickte mir Mut machend zu.

„Wie lange noch, bis sie zugewachsen ist?", fragte die Gehörnte und grinste schief.

„Woran du immer gleich denkst", meinte das gute Gewissen. „Sie braucht noch keinen Mann, um glücklich und entspannt zu sein."

„Ach nee, wieso benutzt sie dann so viel nettes Spielzeug, das in ihrer Schublade liegt?"

„Waaass? Nein, das macht sie nicht, oder Leotine?"

Mitten in das Geplänkel meiner Gedanken warf ich mein Kissen auf mein Gesicht und schrie: „Stopp, stopp, stooooopp." Sogleich verpissten sich meine Dämonen und in meinem Kopf kehrte etwas Ruhe ein. „Gott sei Dank", seufzte ich und drehte mich auf die Seite. Sicher war, dass ich von diesen beiden keine Hilfe erwarten konnte. Nur noch mehr gedanklicher Müll. Dennoch verbrachte ich Nacht für Nacht mit ihnen und eigenartigen Diskussionen, bis ich erschöpft einschlafe. So, wie es jetzt war, konnte es nicht weitergehen. Meine Kinder standen, was Leopold anging, hinter mir. Jolanthe sagte, dass sie ihn von der ersten Minute an mochte und Moritz fand ihn super-cool und konnte sich einen besseren Stiefvater nicht vorstellen. Von meiner Mutter brauchte ich erst gar nicht eine Einwilligung holen – die war für diesen Mann von Anfang an Feuer und Flamme. Und mit Uli verstand er sich hervorragend. Was wollte ich da noch mehr? Alle Menschen, die mir wichtig waren, standen in Wartehaltung, was mich und mein Streben zu Leopold anging. Alles Weitere sollte jetzt in meiner kleinen, zarten und sanftmütigen Hexenhand liegen.

Nachdem ich das alles verinnerlicht hatte, nahm ich allen Mut zusammen und suchte das Rezept für den Liebeszauber, öffnete die dazu vorgesehene Flasche Champagner, rieb eine Überdosis Enzianwurzel hinein und stelle das Gebräu laut Anleitung erst einmal vierundzwanzig Stunden zur Seite.

Danach stellte ich mich auf einen Stuhl vor mein Bücherregal und suchte mein altes Lieblingsbuch, den guten alten Duden, den ich in die hinterste Ecke des Regals verbannt hatte.

Mit zittrigen, fahrigen, kalten und schwitzigen Fingern suchte ich nun nicht mehr nach der Erklärung von ‚alleinerziehend‘, sondern nach jedem einzelnen, wunderschönen Wörtchen, das mit Liebe zu tun hatte:

Lieb – liebevoll, warm, herzlich
liebäugeln – sich mit dem Gedanken beschäftigen, etwas zu kaufen

Ich wollte zwar nichts kaufen, aber ich liebäugelte mit Leopold – das kam auf dasselbe heraus.

Liebchen
Liebe – starkes Gefühl der Zuneigung, geschlechtsgebundene, starke erotische Neigung zu jemandem

Ja, das konnte ich nur bestätigen. Ich war mir sicher, ich wollte ihn auch so erleben und genießen.

Liebelei – kurzes, spielerisches, unverbindliches Liebesverhältnis

Da war ich mir auch völlig im Klaren, dass das auf jeden Fall nicht infrage kam. Meine Absichten waren in keiner Weise nur sexuelle Bedürfnisse, deren Befriedigung im Vordergrund stand.

Lieben – jemandem in Liebe zugetan sein, für jemanden Liebe empfinden mit glühender Leidenschaft

Ja genau, das war es – ich liebte ihn. Ich liebte jede Faser seines Körpers. Ich liebte, wie er sich bewegte, lachte, erzählte. Wie er mit den Kindern umging und wie er mich nahm, so wie ich war, ohne mich verändern zu wollen.

Ich liebte seine zurückhaltende, abwartende Art und ich liebte die Blicke, die er mir zuwarf, wenn er der Meinung war, dass ich es nicht mitbekomme.

Und ich liebte die Liebe in seinen Augen, die für mich offensichtlich zu lesen war.

Ich holte mir für die nächsten acht Tage – so lange brauchte nämlich mein Zaubertrank, um seine Wirkung zu entfalten – aus dem ‚Hexenkessel‘ einen Vorrat an goldenen Kerzen und zündete sie jeden Abend nach einem Badewannen-Ritual um mich herum an. Die Farbe der Kerzen war in meinem – oder eher in unserem – Fall sehr wichtig! Denn die Farbe jeder Kerze beinhaltet bestimmte Energien und Schwingungen, die sich positiv, fördernd und verstärkend auf das Ritual auswirken. Und Gold stand für den Wegweiser zum Glück, hält das Unglück fern und hilft Unabänderliches leichter zu bewältigen. Und Wünsche können sich erfüllen, wenn sie dem Lebensziel entsprechen.

Und dem war so: Ich hatte ein Ziel im Leben – und das war Leopold. Ich wünschte mir von Herzen, das Kind zu empfangen und zu gebären, das mir Tante Urban prophezeit hatte. Eine Prophezeiung, die ich im Kleiderschrank mit klopfendem Herzen noch einmal kontrolliert hatte.

Selbst die Wahl meiner Kleidung stimmte ich auf den Zauber ab, denn mit dieser musste ich in meinem Lieblingsöl baden gehen. Ich suchte mir mein goldfarbenes Abendkleid aus dem Schrank, setzte mich vollständig angezogen in meine Badewanne, beträufelte mich von Kopf bis Fuß mit dem duftenden Öl und murmelte immer wieder meine Wünsche und Hoffnungen. Später setzte ich mich so nass, wie ich war, auf den Badezimmerboden, mitten in den Kreis der goldenen Kerzen und nach Osten gewandt und sang flüsternd meine Erwartungen, Wünsche, Träume und das, woran ich festhalten wollte.

Und dieses Ritual vollzog ich von diesem Tage an jeden Abend – acht Tage lang – bis zu Leopolds und meinem Diner for two. Bis mein Zaubertrunk stark genug war!

„Jedes Geschöpf ist mit einem anderen verbunden, und jedes Wesen wird durch ein anderes gehalten."

Hildegard von Bingen

Die großen Orakel

Der Tag und die Stunde der Wahrheit rückten immer näher. Ich wurde nervös und fühlte mich wie ein Teenager, der zum ersten Kuss im Keller des Schulgebäudes verabredet war. Uli fühlte mit mir und Tante Urban machte den Eindruck, als wüsste sie mehr, als sie mir verraten hatte. Fröhlich und mit einem allwissenden Lächeln genoss sie jeden Augenblick meiner Aufregung. Meine Mutter entpuppte sich derweil als Kräuterhexe. Sie stellte schneller Salben und Tinkturen her, als wir den Mund schließen und wieder öffnen konnten. Sie wurde zu unserer Hausapotheke für Ausschläge, Pickel, Magen- und Darmprobleme und vieles mehr. Wir wurden ein richtiger Hexenclan der weißen Magie – wenn man uns nicht ärgerte! In der Woche der Vorbereitung trafen wir uns jeden Abend im ‚Teufelsbraten'.

„Mensch Süße, ich gönne es dir echt von Herzen, obwohl ich auch ein bisschen eifersüchtig bin. Aber auf eine andere Art. Ich will mich auch verlieben, das Kribbeln im Bauch hatte ich das letzte Mal mit neun Jahren, als unser Nachbarjunge mir für meine Warzen Löwenzahn pflückte und mir die Milch über die betroffenen Stellen rieb."

Uli seufzte tief in sich hinein und träumte einige Minuten von dem Jungen mit der Löwenzahnmilch, doch dann schwenkte sie in viele andere Liebschaften. Ihr war klar, wenn sie gedurft hätte, wären alle Hundert heute ihre Ehemänner.

Tante Urban, die den Löffel in ihrem Tee wohl totrühren wollte, hatte offensichtlich mit dem, was sie will, keine Probleme. Sie fixierte ständig interessante Männer. Ich glaubte zu wissen, dass sie trotz ihres hohen Alters regelmäßig den Männern mit magischen Blicken und telepathischen Kräften den Kopf verdrehte und sie zu willigen Spielzeugen machte. Typisch Hexe halt!

„Sag mal, Leotine, am Dienstag ist doch Vollmond, hast du da nicht dein Date mit Leopold?", fragte sie mich scheinheilig, während sie dem netten Herrn, der uns gegenübersaß, auffordernd und lockend zulächelte.

„Ja, wieso fragst du? Ich dachte eben schon daran, dass du mehr weißt als ich. Frage mich nur nicht, wie ich darauf komme. Vielleicht ist es auch dein ständiges, dämliches Grinsen. Du machst mir jetzt richtig Angst. Bin doch sowieso schon nicht mehr ich selbst, was diesen Mann angeht!"

„Nach diesem Date schon gar nicht mehr!", neckte sie mich weiter und fing an zu lachen, dass sie bald vom Stuhl fiel. Laut, heftig und mit einer Spur zu viel Schadenfreude lachte sie mich aus!

Meine Mutter schloss sich diesem hinterlistigen Lachen an, zeigte mit dem Finger auf Tante Urban und sagte: „Genau, ich weiß jetzt ganz genau, was du damit sagen willst!"

Mir wurde so was von schlecht in diesem Moment, dass ich alle Farbe aus dem Gesicht verlor und Hilfe suchend zu Uli guckte, die wohl gerade das vergessene Kribbeln im Bauch spürte, ausgelöst durch den verkleideten Teufel hinter der Theke.

„Na toll! Lasst mich mal alle allein! Kümmert euch nur um euer eigenes Wohl! Ich werde schon untergehen. Ja, ich werde auch ohne eure Unterstützung in meinen selbst zugefügten Peinlichkeiten versinken", schimpfte ich und schweifte gedanklich mit rasendem Herzklopfen zu dem Abendessen unter dem mit Schadenfreude erwähnten Vollmond. Es durfte nichts schiefgehen. Alles musste perfekt bis ins kleinste Detail durchgeplant sein. Nervös ging ich noch einmal die Schritte durch, die zum Ritual gehörten: der Zaubertrank war nach Rezept, der Liebeszauber genau nach Anleitung angesetzt, es fehlten nur noch ein paar letzte genau abgewogene Zutaten – ich saß nach Osten – ich war golden gekleidet – hatte teures Öl und passende Kerzen. Es schien alles in perfekten Bahnen zu laufen!

Doch gerade in dem Augenblick, als ich mich entspannt zurücklehnen wollte und mir überlegte, dass das doch zwei verrückte alte Möchtegern-Wahrsagerinnen waren, fing Uli ebenfalls an zu lachen: „Ja, jetzt habe ich erst verstanden, was ihr sagen wollt!"

Um mich herum erklang ein hinterhältiges Besserwisser-Gelächter. Ich ärgerte mich über die Hexenbande und sprang beleidigt vom Stuhl auf, doch Tante Urban hielt mich am Arm zurück.

„Kindchen, es ist nichts, was weh tut, und nichts, was kostet. Es ist nur von jedem etwas zu viel ..."

Na hervorragend! Das war doch einmal eine genaue, sehr klare und eindeutige Aussage. Danke, Tante Urban, jetzt wusste ich durchaus Bescheid! Einen besseren Hinweis konnte ich nicht bekommen.

„Erscheint dir etwas unerhört, bist du tiefsten Herzens empört;
Bäume nicht auf, versuch's nicht im Streit, berühr es nicht, überlass es der Zeit.

Am ersten Tag wirst du feige dich schelten, am zweiten lässt du dein Schweigen schon gelten, am dritten hast du's überwunden: Ärger ist Zehrer und Lebensvergifter; Zeit ist Balsam und Friedensstifter."

Theodor Fontane

Der Vollmond ist schuld

Nach einigen schlaflosen Nächten und endlosem Durcheinander im Kopf war der besagte Tag gekommen. Ich putzte und wienerte mich für den Mann meiner Träume. Vor Aufregung hatte ich das Rezept für meinen Liebeszauber verlegt.

Wie eine Irre rannte ich durch die Wohnung und suchte unterm Bett, im Schrank und auf diesem, in Schubläden, die ich oftmals als Müllhalde benutzte, um bei Besuch schnell aufzuräumen – ich suchte wie verrückt, sogar in der Schmutzwäsche, aber das Rezept blieb verschollen.

Also blieb mir nichts anderes übrig, als meiner eigenen Anweisung und Dosierung zu folgen. Medikamente nahm ich schließlich auch, ohne vorher den Beipackzettel zu lesen, und gestorben bin ich daran auch nicht! Deshalb konnte es auch wohl nicht schaden, den Liebeszauber frei Schnauze fertigzustellen und knapp zwei Liter auf Ex zu nehmen. Gedacht, getan!

Nach kurzer Zeit merkte ich ein Gefühl in meinem Bauch, das ich nicht einordnen konnte, und dachte deshalb an kommende Glückshormone. Ich kicherte unkontrolliert vor mich hin, als ich an mir herunter sah und meine Füße immer länger wurden. Ich prostete mir im Spiegel, vor dem ich saß, noch einmal Mut zu und meinte mit einem verzerrten Lächeln: „Leotine, das schaffst du schon! Du bist schon groß und deine Füße auch."

Anschließend lief ich durch die Wohnung, als würde ich Schwimmflossen tragen. Was war nur mit mir los? Ich fing an, mit mir selbst zu feiern. Ich kicherte nicht mehr, ich lachte über meine Gleichgewichtsstörungen und über einiges mehr um mich herum.

Nachdem ich die Mixtur ausgeschlürft hatte, stellte ich fest, dass ich wahnsinnigen Durst bekam, es brannte förmlich in meinem Hals und ich dachte, ich würde innerlich vertrocknen. Mir blieb sogar die Spucke weg. Also ging ich in die Küche und suchte mir eine Flasche Rotwein, für die ich eine geschlagene Stunde brauchte, um sie zu öffnen. Ich amüsierte mich königlich und ging vor Lachen in der Küche in die Knie. Dabei war mir gar nicht zum Lachen zumute. Hilfe! Was ist mit mir los?

Als ich die Flasche an meine Lippen ansetzte, fiel mir ein, dass sich das für eine Dame nicht gehörte. Aber war ich denn überhaupt eine? Allein über diese Frage lachte ich mich minutenlang scheckig und ging dabei eine gefühlte Stunde an den Wohnzimmerschrank, um mir ein Glas zu holen. Es war so witzig, dieses eine Glas, das ich nehmen wollte, zwischen den anderen Gläsern zu sehen. Ich bekam einen erneuten Lachanfall wegen der dumm herumstehenden Gläser im Schrank. Pustend wendete ich mich von den mitleiderregenden Gläsern ab und suchte mein Sofa auf. Vor diesem angekommen, versuchte ich abermals eine gefühlte Stunde, mich hinzusetzen. Nachdem ich dann endlich saß, begutachtete ich die volle Weinflasche, die sich plötzlich vor meinen Augen vermehrte. Auweia, und dann bekam das Glas Kinder und meine Füße wuchsen aus dem Wohnzimmer hinaus. Uii, das fand ich jetzt durchaus gruselig. Also entschied ich mich, die neugeborenen Monsterglasflaschenfamilien in den Schrank zu verbannen. Nun hätte ich heulen können. Die armen Dinger so allein unter sich im Schrank zu sehen, brach mir förmlich das Herz. Nun war mir klar, ich war so was von bewusst in einer Bewusstseinserweiterung, dass mir minimal übel wurde. Mein Duden würde das jetzt so erklären:

Rausch – großes Glücksgefühl, das mit einer gewissen Verwirrung einhergeht; im Rausch der Leidenschaft und der Sinne.

Na klasse, das passt ja zum Abend und zu dem, was ich eigentlich vorhatte.

Nun wurde es für mich Zeit, zu Leopold aufzubrechen! Nachdem ich meine Traurigkeit über die verschlossenen Monsterglasflaschen überwunden hatte, versuchte ich mit meinen Riesenfüßen mit Bravour die Treppen zu meistern. Ich drehte und wendete mich auf den Stufen, als wären sie Eisflächen. Nach mehreren Spagaten rutschte ich auf dem Geländer nach unten. Erleichtert, endlich unten angekommen zu sein, stolperte ich mit meinen Riesenfüßen über die Türschwelle auf die Straße. Eigentlich sollte frische Luft ja Wunder wirken. Einmal so richtig tief durchatmen und man fühlte sich gleich wie Hulk. Tat ich auch. Nur ich bekam den schielenden Hulk, der sein Auto von den anderen nicht mehr unterscheiden konnte. Autofahren war dann wohl nix. Welches auch? Das war jetzt eine Frage, die allen Grips beanspruchte, den ich mit meinem Zaubertrank weggetrunken hab.

Okay, dachte ich, *dann das Fahrrad.* Ich machte in einem weiten Radius Kehrtwendung, um meine Latschen nicht irgendwo anzustoßen, und versuchte unter dem enormen Angebot von Rädern meins herauszufinden. Was für ein cooles Gefühl, als ich feststellte, dass irgendwie alle festgebundenen Gestelle meine waren. *Wieso war ich mit einem Mal so vermögend,* fragte ich mich stolz und kicherte vergnügt. Ich schaute mir die Räder etwas länger an und bewunderte sie. „Ach Gott, wie schön ihr seid", stellte ich verträumt fest und streichelte das kalte Metall, als wäre es warmes weiches Fell. Seufzend klatschte ich zum Abschied auf einen der Sattel und sagte: „Habt keine Angst, ihr seht zusammen so harmonisch aus. Ich kann euch nicht auseinanderreißen. Ich gehe zu Fuß." Verzückt von dem Bild der zufrieden an der Wand stehenden Drahtesel, warf ich rückwärtsgehend noch ein paar Handküsse, drehte – ich weiß nicht nach wie vielen Luftküssen – meine Quadratlatschen und machte mich zu Fuß auf den Weg zu Leopold. Ich watschelte vor mich hin wie eine Ente und brauchte wohl hundert Jahre, um endlich bei Leopold anzukommen.

Ich begrüßte freundlich jeden, der mir auf der Straße begegnete, sogar die Käfer, die sich mit mir den Fußweg teilten und denen ich mit meinen Feuertretern nicht den Garaus machen wollte. Ich weiß nicht genau, wie viel Zeit ich tatsächlich brauchte, um das Haus von Leopold zu finden. Ich freute mich allerdings sehr, als ich es gefunden hatte, und küsste unwillkürlich die Laterne davor. Aber ich war noch lange nicht am Ziel. Mit meinen Füßen, die inzwischen die Größe von Holzlatten hatten, kämpfte ich mich vorwärts. Es war dermaßen anstrengend, einen Fuß vor den anderen zu setzen, dass ich glaubte, ich mutiere zu einem ‚Fahrtrichtungsimmeranzeiger'. Dreimal lief ich um Leopolds Haus, weil ich den Eingang nicht fand oder nicht wusste, welche Tür ich nehmen sollte.

Doch in meiner Not hatte ich Glück und mir wurde eine vierte Runde erspart, weil drei nette junge Männer den

Müll zur Tonne bringen wollten und mich sogar mit Namen ansprachen. Welche Freude!

„Leotine, was machst du denn da? Brauchst du Hilfe?"
Die Männer machten sich offensichtlich Sorgen, denn sie hatten alle drei den gleichen Gesichtsausdruck und sahen irgendwie aus wie mein Leopold.

„Oh ja, bitte, ich kann mit diesen Füßen, die irgendwie an Ski gebunden sind, nicht mehr gehen. Guck mal, die werden immer länger und länger und länger. Noch fünf Minuten und die stehen dahinten im Vorgarten", sagte ich und zeigte abwechselnd auf meine Füße und auf den gegenüberliegenden Garten.

„Mann, Hexchen, was hast du genommen? Geht's dir nicht gut? Komm erst einmal mit hoch, ich helfe dir!", sagte einer der Männer, der mich in Sicherheit wiegen wollte. Aber es war doch nicht nötig, ich war Herr meiner Sinne, ich fühlte mich vogelfrei und konnte fast fliegen, wenn die Latten an meinen Beinen und diese Männer mich nicht daran hindern würden. Ich wurde an den Händen gepackt und blitzschnell über die Schultern der Männer gelegt. Sie trugen mich, bestimmt wegen meiner riesigen Lattenfüße, wie einen nassen Sack die Treppe hinauf und stellten mich vor eine Tür, die mir sehr bekannt vorkam.

Wieder stieg pure Freude in mir hoch, als ich die Umgebung erkannte.

„Hier wohnt mein Leopold. Zu dem wollte ich gerade, das ist aber nett, dass ihr mich begleitet habt. Kennt ihr Leopold, seid ihr Freunde von ihm?", fragte ich überrascht.

„Leotine, meine kleine Hexe, du machst mir echt Sorgen! Was hast du denn genommen? Ich bin es doch: Leopold!"

„Leopold und Leotine lieben sich! Er liebt sie und sie liebt ihn!", sang ich und hörte nicht eine Silbe von dem, was er mir erzählen wollte.

„Schatz, weißt du denn noch, wie du heißt und wie alt du bist?"

„Ich heiße Lotte Lattengerade und mein Alter ist mir wohl gerade entfallen. Ihr müsst wissen, mit Zahlen habe ich es nicht so. Aber sagt das nur nicht Leopold. Ich kann nämlich besser Zaubern als Rechnen."

Ich legte meinen Zeigefinger auf meine Lippen und forderte sie auf, den Mund zu halten.

„Dann komm herein, du kleine Lotte Lattengerade. Ich glaube, ich verfrachte dich erst einmal in mein Bett und lass dich deinen Rausch ausschlafen."

„Nee, nee, ich habe Hunger, ganz viel davon!"

Ich stürzte in die Küche und war überrascht, dass der Tisch so zauberhaft und für zwei Personen gedeckt war, wo es doch drei Männer waren, die hier wohnten.

„Kommt doch, setzt euch und holt euch noch einen Teller. Leopold hat bestimmt nichts dagegen!", forderte ich sie auf, mich bloß nicht zu verpetzen.

Ohne Hemmungen langte ich zum dampfenden Essen und verzehrte es mit einem Bärenappetit. Ohne zu schmecken, was ich eigentlich aß, stopfte ich alles, was auf dem Tisch so liebevoll hergerichtet war, in meinen Mund und schluckte ohne zu kauen.

„Sag einmal, Lotte Lattengerade, was hast du eigentlich für Drogen genommen? Hast du nur geraucht oder dir irgendwelche Pillen verabreicht?", fragte einer der Männer mit besorgtem Blick.

„Drogen? Ich nehme keine, habe noch nie welche genommen! Ich bin eine Hexe und mache nur Zaubertränke", sagte ich kichernd.

„Hm, und wie viel davon hat die kleine Hexe selbst getrunken?"

„Alles leer! Falls ihr was haben möchtet, muss ich neuen machen."

„Und was hast du da so drin gehabt, wenn ich fragen darf?"

„Ihr seid aber gar nicht neugierig, was? Das waren Enzianwurzeln, drei Stück und so dick!", sagte ich und deutete den Durchmesser und die Größe der Wurzel mit den Händen an. Die Männer schlugen die Hände vor die Stirn, jammerten und sagten etwas von einer Überdosis. Als ich mir von der köstlichen Soße noch einen großzügigen Nachschlag nehmen wollte, griff einer der Männer nach meiner Hand und nahm mir die Kelle ab, legte sie zur Seite und meinte: „Ich glaube, meine kleine Hexe ist jetzt entspannt und aufgeschlossen genug, findest du nicht auch?"

Brüskiert wollte ich protestieren über die Dreistigkeit, mir Vorschriften machen zu wollen. Ich war immer noch Herr meiner selbst! Und wo war eigentlich Leopold?

„Könnt ihr mir vielleicht sagen, wo Herr Winzer ist? Den wollte ich besuchen und ihm sagen, dass ich ihn liebe."

„Hey Leotine, ich sitze die ganze Zeit vor dir! Erkennst du mich nicht?"

Mit trübem Blick versuchte ich, meine Augen zu zwingen, klar zu sehen. Der Versuch scheiterte kläglich, ich sah weiterhin alles doppelt und dreifach.

„Versucht ihr mich hier gerade aufs Kreuz zu legen? Das versuchen meine Kinder schon seit ihrer Geburt. Schaffen die aber nicht und ihr erst recht nicht!", lallte ich und wollte die Wohnung wieder verlassen, als mir die Beine versagten. Doch bevor ich mir hätte wehtun können, wurde ich aufgefangen und schwebte irgendwie durch die Luft. Mir wurde schlecht und ich übergab mich auf irgendetwas, das mich hielt. Nein, ‚Brechen‘ oder ‚Ich übergab mich‘ sind hier wohl die falschen Ausdrücke – ich kotzte mir die Seele aus dem Leib.

Ich wurde sacht unter die Dusche gestellt und erwachte mit einem Schreck aus meiner peinlichen Lage, als eiskaltes Wasser über meinen Körper strahlte. Mein Herz raste und meine Beine und Hände begannen zu zittern, als mir bewusst wurde, wer da die ganze Zeit vor mir stand und wen ich eben voller Inbrunst bekotzt hatte. Ich hatte mich total lächerlich gemacht vor dem Mann, der mir am Herzen lag und dem ich mein kleines Herz in die Hände legen wollte. Mit der Stirn klopfte ich an die Duschwand und schämte mich. Leopold stand vollgekotzt vor der Dusche und grinste mich an.

„Na Häschen, es macht mir echt nichts aus, ich wollte schon immer Mal so bekotzt werden!“

Er lachte leicht vor sich hin, johlte aber insgeheim über mich. Konnte es jetzt noch etwas Peinlicheres geben?

„Es tut mir so leid!“, murmelte ich, ohne ihn anzusehen.

„Ach, das war noch harmlos, mach dir nichts draus. Manchmal steck ich so tief in der Scheiße, da komm selbst ich schwer wieder raus. Und kotzte. Hey, da lach ich drüber!“

Mann, was war der süß! Ich musste mit ihm lachen und ließ mir helfen, die Brocken abzuspülen.

„Du hast gerade gesagt, dass du Leopold etwas zu sagen hättest. Was ist das denn?“, fragte er schelmisch. Ich war trotz der Dusche noch nicht nüchtern. Ich erkannte ihn zwar und auch meine unglückliche Lage, doch meine Offenheit wich nicht. Ich antwortete, als hätte ich ein Wahrheitsserum verabreicht bekommen.

„Ich will ein Kind von dir! Tante Urban hat mir aus den Karten gelesen und mir gesagt, dass wir beide zusammengehören und dass ich ein Kind von dir empfangen werde. Willst du auch?"

„Warte bitte einen Moment."

Er drehte sich um, zog sich aus und stellte sich zu mir unter die kalte Dusche. Er wusch sich, drehte den Hahn ab und nahm mich so nass, wie wir waren, auf seine muskulösen Arme und trug mich ins Nebenzimmer. Langsam und vorsichtig legte er mich auf sein Bett in weiche Kissen.

„Komm her, meine kleine Hexe. Erst möchte ich dich küssen, bevor ich dir eins meiner Kinder schenke."

Ich lächelte ihn bereitwillig an und kam ihm mit leicht geöffneten Lippen entgegen, um seine zärtliche Zunge an meiner zu empfangen. Seine Küsse waren so fordernd wie seine Hände an meinem Körper, die mir sagten: „Ich will dich jetzt und hier! Und für immer!"

Durch das Fenster, das noch weit geöffnet war, erblickte ich den vollen Mond, der sein Licht ins Zimmer schickte. Und ich glaube, gesehen zu haben, dass er lächelte.

In dieser Nacht liebten wir uns, als wäre es für uns beide das erste Mal. Und das nicht nur einmal ...

> *„Man erlebt nicht das, was man erlebt, sondern wie man es erlebt."*
>
> *Wilhelm Raabe*

Das Tier in mir

Mich weckten ungefähr fünfzig Kilo, die sich auf mich stürzten, und etwas Nasses, das sich anfühlte wie ein Waschlappen und mir durch das Gesicht gezogen wurde. Ich erschrak fürchterlich und wollte aus dem Bett springen, das ich nicht kannte. Und das weiße Tier, das mich mit großen treuen Augen begutachtete, kannte ich auch nicht. Und als mein Blick über das Bett streifte, erkannte ich die Füße, die unter der Bettdecke vorlugten, ebenfalls nicht.

Hilfe, wer waren die beiden? Ich schlug mir die Hände vor das Gesicht, als ich auch noch feststellen musste, dass ich splitterfasernackt war. Ich zog die Bettdecke schnell wieder an meinen Körper und versuchte mich zu erinnern, was gestern Abend passiert war. Aber mein Erinnerungsvermögen versagte total – alles weg! Und nun? Das Geschöpf neben mir bewegte sich. Das Gesicht konnte ich nicht erkennen, weil das Kissen darüber lag und nichts weiter zu sehen war außer einer Nase. *Wenigstens hatte er nur eine,* dachte ich. Ich stupste den Menschen neben mir an und fragte leise: „Hallo, wer bist du denn und was ist passiert heute Nacht?"

Das Wesen rührte sich nicht einen Zentimeter. Vorsichtig, aber etwas kräftiger stieß ich mit dem Zeigefinger noch einmal nach ihm.

„Hallo, wird hier noch gelebt?"

„Mh, und wie!", kam es durch die Kissen. Ojemine! Das klang sehr befriedigt und ich fing an, mich zu schämen. So nach und nach wurde das verdeckte Gesicht unter dem Kissen freigegeben.

„Guten Morgen, kleine Hexe!", grinste mich Leopold an. Mein Herz schlug bis zum Hals. Ich konnte mich an nichts mehr erinnern, nur an den Mond und sein Licht und an starke Hände, die nach mir griffen, heiße Körper, Küsse und – langsam dämmerte es mir.

„Wir haben es getan?", fragte ich mit weit aufgerissenen Augen.

„Ja, und nicht nur einmal und auch nicht nur zweimal, du kleine Wildkatze!"

Entsetzt blickte ich auf seinen Rücken, den er mir zuwandte, als er sich streckte. Ich war nicht nur eine Hexe. In der letzten Nacht war ich auch noch zum Werwolf mutiert.

„Kein Genuss ist vorübergehend; denn der Eindruck, den er zurücklässt, ist bleibend."

Johann Wolfgang von Goethe

Der Mond und andere Omen

„Na, wie war es, los, erzähl schon!"

Neugierig und sensationslüstern rannte Uli in ihrem ,Hexenkessel' hin und her.

„Was willst du hören? Dass ich über beide Ohren verliebt bin? Dass er ein Mann ist, der absolut der Oberhammer ist? Oder dass ich mich an den ersten Sex, den ich mit ihm hatte, nicht die Bohne erinnere? Dass er nur noch Lotte Lattengerade zu mir sagt, warum auch immer? Oder willst du wissen, dass ich in der Vollmondnacht auch noch zur Werwölfin geworden bin? Womit soll ich anfangen?"

„Boah, die Enzianwurzel scheint ja ein richtig geiles Zeug zu sein! Sag bloß, du hast tierische Triebe entwickelt?"

„Scheint so. Er sagte am nächsten Morgen Wildkatze zu mir! Und sein Rücken sah aus, als wären da ausgefahrene Krallen drüber gezogen worden!"

Uli lachte und sah noch einmal auf ihren Mondkalender. Ich wusste schon, was sie jetzt dachte. Der Vollmond beeinflusste uns und brachte Seiten in uns zum Vorschein, die wir noch nicht an uns kannten und die sonst auch nicht zu unserem Leben gehörten! Man neigt in dieser Phase zu Triebhaftigkeit, Wünschen, Ideen und Träumereien, die überhandnehmen können und schlecht zu kontrollieren und zu beherrschen sind – wie bei mir zum Beispiel! In dieser Nacht war ich nicht mehr fähig, bewusst zu handeln.

Ich hätte den abnehmenden Mond wählen sollen. Der ist für Partnergespräche der bessere Part, aber auch der beste Zeitpunkt für Auseinandersetzungen und Trennungen. Oh Mann, wie man es auch drehte, es war alles mit einem Haken verbunden.

Ich war so in meine Gedanken vertieft, dass ich erschrak, als Uli anfing, mir ihre Freude mitzuteilen.

„Ich bin ja etwas neidisch. Aber ich gönne es dir von Herzen. Ich hoffe, dass ihr superglücklich werdet und steinalt!"

Nachdenklich und ein bisschen sehnsüchtig warf sie noch einen Blick auf den Mondkalender, ehe sie sagte: „Ich will mich auch verlieben! Warum finde ich nicht jemanden wie Leopold? Ich glaube, ich bin verflucht."

Sie blickte traurig aus dem Fenster und warf nebenbei noch einen Blick auf ihren Mondkalender.

„Weißt du, ich hatte als Kind eine ganz komische Erfahrung. Egal wohin ich gesehen habe, überall war eine 13. Es war dreizehn Uhr oder die Hausnummer war die 13, der Tacho stand auf 131.313, es waren 13 Kühe auf der Weide ... Es war ein böses Omen. Danach fing ich an, mich mit weißer Magie zu befassen, um mich zu schützen. Ich hatte richtig Angst bekommen."

Das war das erste Mal, dass sie mir aufrichtig etwas über sich erzählte. In diesem Moment verinnerlichte ich, dass sie eine Freundin fürs Leben war. Die traurigen Züge um ihren Mund forderten mich auf, sie ganz fest in die Arme zu nehmen und zu trösten.

„Ach Süße, du hast so viele Mittel und Wege hier in deinem Laden. Backen kannst du dir leider keinen, aber mit kleinen Zaubereien vielleicht etwas nachhelfen! Und ich sage dir jetzt, nach jeder Dreizehn kommt eine Vierzehn – ganz sicher!" Während ich ihr den Tipp gab, zog ich aus ihren Büchern das Buch ‚Das geheime Wissen einer modernen Hexe' und legte es ihr auf die Beine.

„Such dir einen, der dir gefällt, und mach ihn dir gefügig."

Ich seufzte in mich hinein und dachte an Leopold und wie alles seinen Lauf nahm. Eigentlich brauchte ich bei ihm keinen Zauber. Er war auch so von mir verzaubert, aus freien Stücken und ohne Hilfsmittel. Und alles nur, weil ich so bin, wie ich bin: eine Vollmondkatze.

„Aus den Wolken muss es fallen, aus der Götter Schoß, das Glück, und der mächtigste von allen Herrschern ist der Augenblick."

Friedrich von Schiller

Nachtigall i hör dir trapsen

Mir war in der letzten Zeit morgens immer etwas eigenartig zumute! Aber ich schob alles auf die Überdosis Zaubertrank. Leopold erzählte mir, dass er in seine fantastische Weinsoße auch zwei Wurzeln gerieben hatte, um mich zu entkrampfen – oder auch willenlos zu machen, wer weiß –, also hatte ich fünf Wurzeln zu mir genommen, die anscheinend in meinem Magen immer noch ihr Unwesen trieben.

Permanent hallten die Worte und das Gelächter von Tante Urban in meinen Ohren: „Es ist nichts, was weh tut, auch nichts, das etwas kostet, es ist nur von jedem etwas zu viel!"

Um mich zu beruhigen, beschloss ich, mein Pendel zu fragen. Ich wärmte es erst in meiner Hand leicht an, um ihm von mir die Energie zu geben, die es benötigte. Mein Buch der richtigen Handhabung hatte mir gesagt, dass die Fragen an das Pendel präzise und kurz sein mussten. Also fragte ich nur knapp: „Bin ich schwanger?"

Das Pendel schlug in einem weiten Kreis rechtsherum – der Teststreifen aus der Apotheke wäre also rosa. Ich ließ mir den Schock noch nicht anmerken und fragte weiter: „Ist es ein Mädchen?"

Wieder schlug der Kreis weiträumig rechtsherum. Ich lächelte hämisch und dachte: *Du willst mich doch verarschen. Das kann doch alles nicht wahr sein!*

Also ein Mädchen, na gut! Ich fragte noch einmal: „Kriege ich zwei Mädchen?"

Das Pendel schlug wieder einen großen, rechtsdrehenden Kreis. Jetzt dachte ich: *Du willst es so, ich kriege dich schon, du Lügner*. Ich fragte: „Kriege ich Drillinge?"

Das Pendel warf sich in einen ausgiebigen großen Kreis, flog mir aus der Hand und gegen den Schrank. Das war unmöglich! Was war das? Ich sah mich im Raum um, um zu kontrollieren, ob sich noch jemand im Zimmer aufhielt, Moritz vielleicht, der mir mit einer Zwille das Pendel aus der Hand geschossen hatte, um mir Angst zu machen. Aber ich war allein. Ein kalter Schauer lief mir den Rücken rauf und runter. Es gruselte mich etwas und mit einer Riesenpanik verließ ich das Haus, als wäre der Teufel persönlich hinter mir her.

Ich stöberte Tante Urban eine halbe Stunde später im ‚Teufelsbraten‘ auf und erzählte ihr von dem ungewöhnlichen Ablauf meines Pendelrituals. Mit undurchsichtiger Miene hörte sie mir zu. Ab und zu räusperte sie sich und verschränkte die Arme.

„Und dann bin ich schnell ab", beendete ich meine Erzählung. Tante Urban lächelte mich an, stand auf und machte den Eindruck, als hätte ich sie gelangweilt.

„Du kannst mich doch hier nicht einfach ohne Kommentar sitzen lassen!"

Tante Urban ging einfach ihres Weges und sagte, ohne sich umzudrehen: „Kindchen, ich habe alles verstanden, was du mir gesagt hast. Aber das alles war für mich nichts Neues! Ich sagte dir doch: Es tut nicht weh, es kostet nichts, es ist nur von jedem ein bisschen zu viel!"

Mit schallendem Lachen und etwas Schwefelgeruch verließ sie das Lokal.

Na klasse, Drillinge! Das war doch mal ein Treffer für eine Nacht, an die ich mich nicht einmal erinnerte.

> *„Es wechselt Pein und Lust. Genieße, wenn du kannst, und leide, wenn du musst."*
>
> *Johann Wolfgang von Goethe*

Die Frucht des Zaubers

„Mama!", heulte ich noch am selben Abend in ihrer Küche herum. „Wie soll ich aus dieser Misere jemals wieder herauskommen? Gibt es nicht irgendeinen Umkehrzauber oder so was? Ich bräuchte jetzt einen Freifahrtschein in die Vergangenheit."

„Wofür? Um dich an den Akt zu erinnern oder um das, was in deinem Bauch heranwächst, wieder rückgängig zu machen?"

Ich dachte an beides. Ich hätte schon gerne die Leidenschaft, mit der er die Kinder gemacht hatte, gespürt. Ich war bereit, seinen Samen zu empfangen, in mich aufzunehmen und wachsen zu lassen.

Was war ich nur für eine schlechte Hexe, die ihren eigenen Zauber ruinierte. Es gab da einmal eine kleine schwarze Hexe, die machte nie etwas falsch. Vor vielen Jahren – bevor ich das erste Mal auf den Scheiterhaufen musste – versetzte ich die Männer in Trance und benutzte und missbrauchte sie zum Kindermachen! Ich hatte wohl alles verlernt.

Meine Mutter holte zwei Gläser und unsere besten Männer aus dem Schrank. Ein Ritual, das wir schon über Jahre hinweg vollführten, wenn wir Probleme bewältigten!

Ich freute mich schon auf das Brennen in meinem Hals und auf das warme Gefühl im Magen, das der Alkohol auslöste, als meine Mutter das Glas für mich mit Apfelschorle füllte.

„Die Farbe ist fast identisch, nur der Geschmack lässt zu wünschen übrig!"

Ich empfand das als ganz schlechten Scherz und zog eine Grimasse. Mir war zu solchen Dingen überhaupt nicht zumute.

„Mama!", sagte ich ein zweites Mal. „Wie soll ich denn Leopold erklären, dass ich gar nicht verhütet habe? Ich denke, dass er wohl gedacht hat, dass ich ja nun groß bin und vielleicht die Pille nehme, oder?"

Meine Mutter lächelte wieder dieses Ich-weiß-mehr-als-du-denkst-Lächeln und machte mich nervös. Denn ich wusste nur zu gut, in welche Katastrophen dieses Lächeln führen konnte!

„Leopold, der Hexenmeister! Das klingt doch gut, oder was meinst du?"

Was ich gerade dachte und meinte, war, dass sie wohl mal wieder heimlich von Johnny, Jim und Jack gekostet hatte. Und das den ganzen Tag lang.

„Das deutlichste Anzeichen von Weisheit ist anhaltend gute Laune."

Michel de Montaigne

Es läuft, wenn nicht die Gewissensbisse beißen würden

Ich erstellte mir einen Plan, um Leopold von seinem Glückstreffer zu erzählen. Wir wohnten schon seit einigen Wochen zusammen und waren inzwischen unzertrennlich geworden. Wir waren glücklich, lachten viel und hatten ausgiebigen Sex, ausreichend frische Luft und gesunde Ernährung. Wir entwickelten uns zu einem Traumpaar. Und nicht nur das: Wenn wir aufeinander hockten, wie Verliebte nun einmal aufeinander hocken, wurden von den Kindern Beschwerden laut, ich hätte ihnen ihr Spielzeug weggenommen, das sie gerne wieder zurück hätten. Wir waren also in sehr kurzer Zeit zu einer Familie herangewachsen. Und nun kam ich mit: Aus fünf machen wir einmal durch eine einzige verzwickte Mondnacht acht! Dabei ist die Acht nicht einfach eine Ziffer. Nein, sie ist das Symbol der ewigen Liebe. Oh je, war das nervenaufreibend, zermürbend, strapaziös und erschöpfend!

Mein Duden würde es jetzt so beschreiben: Siehe einmal Nervenheilanstalt, Bezirkskrankenhaus, Irrenanstalt, Irrenhaus, Nervenklinik, Psychiatrie – fahren Sie nicht erst den Umweg, nehmen Sie den direkten Weg und schlüpfen Sie ohne Kommentar direkt in die Zwangsjacke!

„Erfolgreich zu sein setzt zwei Dinge voraus: klare Ziele und den brennenden Wunsch, sie zu erreichen.“

Johann Wolfgang von Goethe

Nur die Liebe zählt

Ich bezeichne mich heute als Hexe, die nicht mit dem Teufel im Bunde steht.

Ich schätze die alten Überlieferungen der auf den Scheiterhaufen verbrannten, weisen, naturverbundenen Frauen. Es ist der Mond, der mir seine unsagbare Energie zuteil werden lässt, es ist die Natur der vier Himmelsrichtungen, die mich ruft, und es ist der Zauber, der von den sogenannten bösen Hexen, die sie niemals waren, ausgeht, der mich in meiner Kindheit schon in ihren Bann gezogen hatte. Was konnte daran auch schon Schlimmes sein, bei Vollmond bestimmte Kräuter zur Heilung zu sammeln oder nackt und barfuß mit der Natur im Einklang zu sein?

Die pure Vereinigung mit der von Gott gegebenen Natur! Das waren meine Beweggründe und meine klaren Ziele! Weiße Magie zur Einsetzung wahrer Liebe zwischen zwei Menschen, die füreinander bestimmt waren.

Ich schlug Bücher von Hexen auf, die mir halfen, mit kleinen Zaubereien den Mann, der mir in einer vollkommenen Vollmondnacht den Samen seiner Lenden zukommen ließ und mir ein Geschenk machte, an meiner Seite zu halten.

Durch die weiße Magie lernte ich erst, mich mit liebenden Augen zu sehen, damit auch mein Leopold, den ich erwählt hatte, mich mit liebenden Augen betrachten konnte. Ich lernte, mein Spiegelbild liebevoll zu betrachten und nicht an mir herumzunörgeln. Ich sagte mir täglich, dass ich schön sei, und so fing ich an, mich zu akzeptieren, wie ich wirklich war. Zu enge Kleidungsstücke entsorgte ich, sie beengten meine Persönlichkeit, mit eingezogenem Bauch bekam ich keine Luft und schadete nicht nur meiner Gesundheit, sondern auch meinem Selbstwertgefühl. Ich umgab mich mit Symbolen der Weiblichkeit und tat meiner Seele und meinem Körper nur noch Gutes. Duftöle wurden ein Muss. Auch durch die Wohnung bin ich gegangen, um zu sehen, ob ich mich mit ihm hier liebe- und lustvoll bewegen konnte. Rote Kerzen wurden für mich ein nicht wegzudenkendes Ritual für die Liebe. Und da ich ihn mit einem Duft der Liebe und Erotik umgarnen wollte, mischte ich mir für ein persönliches Liebesritual mein Körperöl aus diesen Zutaten zusammen:

100 ml Mandelöl
je 10 Tropfen Rose Ylang Ylang, Jasmin und
Bergamotte
je 5 Tropfen Rosenholz und Vanille

Ich rieb nicht nur meinen Körper damit ein oder benutzte es als Parfüm hinter dem Ohr, in Armbeugen und Kniekehlen, nein, ich badete auch darin! Der Geruch umgab mich wie eine leichte Wolke, und wenn Leopold heimkam, zog es ihn magisch direkt in meine Nähe und forderte von mir, den Höhepunkt seiner Lust in mir zu befriedigen. Ich liebte seinen kräftigen Griff an meinem Körper und ich genoss es, ihn zwischen meine Schenkel zu lassen, die sich ihm willenlos öffneten. Ich war bereit für ihn und das nicht nur für den Liebesakt. Ich war bereit, ihm seine Kinder zu schenken, und ich war bereit, nur seine Frau zu sein!
Es war weiße Magie, die hier Hilfestellung gab. Ich hatte erst überlegt, ob ich wieder einen Liebestrunk mixen

sollte, aber ich wollte keinen Übergriff mehr in die schwarze Magie riskieren. Hier ging es nämlich ausschließlich um Liebe und nicht um Macht. Ich wollte ihn ja nicht besitzen, ich wollte, dass er mich mit Haut und Haaren, mit Pickeln und Krankheiten und allem, was an einem Menschen sein kann, von Herzen liebte. Das war mein Ziel und mein Plan, und den setzte ich gekonnt mit der Weiblichkeit, die mich umgab, um.

„Die Liebe ist das Bewusstsein, Freude zu geben und zu empfangen; die Liebe ist ein ewig wechselndes Verlangen, ewig befriedet und ewig unersättlich."

Honoré de Balzac

„Na, meine kleine Hexe", sagte Leopold, als ich nach Hause kam und er am Herd stand und uns etwas Leckeres zu kochen schien.

„Oh, was gibt es denn Schönes zu essen?", fragte ich neugierig, als ich mit dem Finger in den Topf greifen wollte.

„Finger weg! Erst gehen die Kinder aus dem Haus und dann darfst du naschen, so viel du möchtest!", sagte er, klopfte mir mit dem Kochlöffel leicht auf die Hand und schob mich aus der Küche.

Aha, das klang und roch sehr danach, dass er wieder bei Uli im Laden irgendwelche Wurzeln und Kräuter gekauft hatte. Ich glaube, es roch eine Spur zu kräftig nach Kaneelpulver. Es wurde Zeit, dass ich ihm sagte, wie sehr ich ihn liebte und dass er mich nur noch mit Petersilie, Dill und Rosmarin aus dem Haus jagen und nicht mehr ködern konnte. Denn ich war ihm schon längst verfallen. Außerdem war jetzt der passende Zeitpunkt, ihm zu sagen, dass er bald drei kleine Hexen mehr hatte, die mit ihrem Näschen wackeln.

In der Zwischenzeit ging ich baden, entspannte in meinem Öl und legte mir noch einmal die richtigen Worte zurecht, um Leopold den Kindersegen zu erklären.

„Ja, Leopold, wie ich gesehen habe, wächst dir ein Horn auf der Stirn. Kann es sein, dass das nach fast vierzig Jahren dein siamesischer Zwilling ist, der da raus möchte? Könnte es sein, dass bei euch in der Familie Mehrlingsgeburten an der Tagesordnung sind?", frotzelte ich vor mich hin, als ich aus meinem Wasser stieg. Ich hätte natürlich auch fragen können: „Schatz, dir wächst ein Horn. Wenn da noch ein zweites kommt und du später mit einem Pferdefuß ausschlägst, muss ich mir dann um die Mädchen in meinem Bauch Sorgen machen?"

Ich machte mich wirklich unnötig verrückt, ich wurde nicht nur, ich war mittlerweile geisteskrank! Ich stöhnte mir im Spiegel entgegen und sagte mir, dass ich schön sei und alles schon schaffen würde. Also putzte ich mich für das Essen, das er mir so liebevoll bei Uli zusammengestellt hatte, und ging mit Unschuldsmiene zur Henkersmahlzeit.

„Du hast dich mal wieder richtig ins Zeug gelegt, meinst du nicht auch?", fragte ich grinsend, als mir der Geruch des Kaneelpulvers sehr stark in die Nase stieg.

„Für meine schwarze Hexe mach ich doch alles. Ich möchte doch, dass es ihr gut geht und sie mit mir zufrieden ist!"

„Das bin ich doch auch so, ohne dass du etwas dafür tun musst!", erwiderte ich mit klopfendem Herzen. Oh je, was war er doch lieb zu mir.

Jetzt wollte ich ihm sagen, dass ich sein Essen heute einmal verschmähen musste, weil es einfach nicht mehr in meinen Bauch passte, der gefüllt war wie ein Gänsebraten zu Weihnachten!

Leopold sah mich über den Tisch hinweg an und musterte mein Gesicht etwas zu ausführlich, wie mir schien.

„Was?", fragte ich und wurde nervös. Ich wurde richtig nervös – mit Zuckungen um die Mundwinkel.

„Nö, ist nichts. Warum fragst du?"

„Ach, nur so!"

„‚Ach nur so' klingt aber nicht danach, dass nichts ist!"

„Ach doch. Es ist alles bestens!"

„Sicher?"

„Ja doch!"

Was für eine Konversation! Genau so wollte ich sie schon immer einmal geführt haben.

„Mit dir stimmt doch irgendetwas nicht!"

„Wie kommst du denn auf derartigen Unsinn?"

„Weil du mit deinem Glas spielst und das Essen noch nicht einmal angefasst hast!", grinste er über den Tisch.

„Hast du vor irgendwelchen Dingen, die ich vielleicht wissen müsste, Angst?"

„Quark! Du kommst auf Ideen. Es ist wirklich alles gut!"

Ich bin nur etwas zu schwanger, so ungefähr zwei Babys weit, dachte ich und schmunzelte vor mich hin.

„Also jetzt reicht es mir", sagte Leopold und schlug mit der flachen Hand auf den Tisch, dass die Teller hüpften.

„Was reicht dir? Und warum hast du dich nicht mehr unter Kontrolle? Liegt es an deinem zweiten Kopf, der auf deiner Stirn ausschlägt?", scherzte ich und zeigte mit dem Finger auf den Pickel, der den Durchmesser einer Erdnuss hatte. Ich schlug mir vor Lachen auf das Bein und kriegte mich über das verdatterte Gesicht, das er machte, nicht mehr ein.

„Du bist vielleicht eine blöde Kuh! Das ist Hirnmasse, die herausdrückt, weil ich vor Genialität förmlich platze."

Jetzt lachten wir beide. Als wir uns beruhigt hatten, sahen wir uns ernst an, sehr ernst sogar.

„Leotine, ich muss dir unbedingt endlich etwas beichten!", sagte er, ohne den Blick von meinen Augen zu nehmen.

„Ich dir auch. Aber bevor ich es dir sage, möchte ich, dass du weißt, dass ich dich sehr liebe und dass das alles nicht meine Absicht war!"

„Ich weiß das, meine kleine Hexe!"

„Wie ‚Du weißt das'? Du kannst gar nichts wissen!"

„Doch Schatz!"

Er räusperte sich und ich bemerkte, dass es ihm nicht allzu leicht fiel, mit der Sprache herauszukommen.

„Leotine", fing er erneut an. „Ich weiß, dass ich dir in der Vollmondnacht Babys gemacht habe!"

Jetzt war es heraus und ich saß da und hatte einen Schock, der mich lähmte. Steif, ohne zu einer Regung fähig, versuchte ich, mein Sprachzentrum zu finden. Hatte er gerade gesagt, er wüsste, dass ich Babys bekomme? Nein, ich musste unter Halluzinationen leiden! Hatte ich nebenbei doch vom Essen genascht. Meine Stimmbänder versagten immer noch. Der Schock saß noch tief.

„Leotine, hast du mich verstanden? Ich weiß, dass du in anderen Umständen, schwanger, befruchtet, in froher Erwartung, trächtig bist! Ich hoffe doch, dass du mich jetzt verstanden hast. Laut Duden war ich doch korrekt, einwandfrei, mustergültig, tadellos in meinen Darlegungen, oder?"

„Woher? Meine Mutter, Tante Urban oder Uli? Wer war das Kameradenschwein?", krächzte ich und fühlte mich zum ersten Mal von allen hintergangen. Er stand auf, kniete sich vor mich hin, nahm ganz lieb meine Hände und sah mich mit einem Hundeblick an, dass mir ganz schwummerig wurde.

„Ich war das Kameradenschwein. Ich wollte nicht mehr nur dein Freund sein. Ich hatte mich in der ersten Minute in dich verliebt, du Hexe! Bei dem Ritual, bei dem es um die Elefanteneier ging, bemerkte ich, wie ernst du den Okkultismus nimmst. Mit welcher Leidenschaft und Hingabe du dich den Ritualen gewidmet hast, fand ich supersüß und sexy. Ich verliebte mich in die kleine schwarze Hexe bis über beide Ohren! Und suchte verzweifelt nach Mitteln und Wegen, dass es dir in Zukunft genauso erging wie mir."

„Ach, und dann wolltest du mich ausgerechnet mit der schwarzen Magie fangen. Warum hast du nicht ein Lasso geworfen oder mir ins Ohr gebissen"

„Darauf hätte doch eine Hexe wie du gar nicht reagiert, oder?"

„Schwarze Magie ist schlecht. Das kann auch nach hinten losgehen."

„Wie bei dir zum Beispiel? Der Abend war eigentlich ganz anders geplant. Tante Urban hatte uns vorher die

Karten gelegt, damit auch nichts schiefgehen konnte. Sie hat kleine Liebesformeln gesprochen, hat aber auch gesehen, dass du in einem innerlichen Kampf mit dir selbst warst. Den konnten wir erst nicht einordnen. Aber als du dann völlig high bei mir aufgelaufen bist, war alles klar! Dass du den Liebestrunk auf ex wegsäufst, hat uns dann echt umgehauen. Bin ich denn so ein Untier? Hattest du solche Panik davor, dich mir hinzugeben, dass du, um entspannt zu sein, kleine Zaubereien benötigst?"

Nein, nein, nein! Ich schüttelte energisch den Kopf. Und schämte mich ein wenig – aber wirklich nur ein kleines bisschen. Ich blickte auf den gefüllten Tisch vor uns und musste grinsen. „Woher wusstest du das mit dem Kaneelpulver eigentlich?"

„Das ist eine gute Frage! Also, ich setzte mich mit denselben Büchern wie du auseinander. Ich habe sogar Seminare besucht, um das Zauber- und Ritualkochen zu lernen."

Er lachte ein kleines dreckiges Lachen, in das ich mit einstimmen musste.

„Das war also ein Hexenzirkel übelster Art gegen mich. Ein Komplott, um es genau beim Namen zu nennen!"

Leopold stand auf, zog mich sanft zu sich hoch, streichelte mir eine schwarze Strähne aus dem Gesicht und flüsterte: „Nein, nennen wir es Zusammenfügen zweier Menschen, die ohne diese Hilfe den Weg zueinander niemals gefunden hätten!"

„Welch eine schwere Kunst ist die Liebe! Wer kann sie verstehen? Und wer muss ihr nicht folgen?"
Susette Gontard

Ja, so war meine kleine Geschichte. Und angefangen hatte alles mit der Erklärung für das Wörtchen ‚alleinerziehend‘, die ich nicht in meinem Wörterbuch finden konnte. Und meinem Motto ‚Nie mehr!‘, das ich einzig und allein ausleben wollte. Doch so richtig war ich nie allein. Leopold war von Anfang an in meiner Nähe. Das Buch unseres gemeinsamen Lebens war schon geschrieben zu der Zeit, als ich krampfhaft versuchte, für eine zwanzigjährige Ehe eine Träne zu weinen.

Meine beiden großen Kinder teilten mein Glück mit mir und gewöhnten sich schnell daran, dass ihre Mutter bei schwierigen Fragen Pendel und Karten befragte.

Die Angst, dass ich mit den Besen, die vor der Tür standen, um das Böse nicht hereinzulassen, und bei denen ich mich jedes Mal für ihre Dienste bedankte, durch den Schornstein abhauen könnte, ist eines Tages wie weggeblasen gewesen. Sie waren stolz auf ihre Mutter, die dazu stand, eine kleine Hexe zu sein. Mit der Hilfe von Tante Urban fanden wir dann auch noch das passende Haus für uns, das ein kleines bisschen wie ein Hexenhäuschen aussah. Ganz weit hinten im Garten, am Zaun zum nächsten Grundstück, hatte ich ein Stückchen Erde, das nur mir allein gehörte. Dieses Fleckchen bepflanzte ich mit vielen köstlichen Kräutern für gewisse Rituale.

Die Mädchen, die ich Leopold gebar, führte ich, wenn sie in ihren Bettchen schlummerten, in die hohe Kunst der weißen Magie ein. Ich schickte ihnen Träume in den Tiefschlaf, die sie belehrten. Und da Leopold kein Kind von Traurigkeit war, wie ich ja zuerst gedacht hatte, versicherte er mir, dass unsere drei kleinen Hexen mit vier Jahren schon einen gefälschten Personalausweis haben und zu ihrer Einschulung mit dem eigenen Wagen fahren würden. Welch Omen.

Irgendwann einmal musste ich Leopold versprechen, dass ich von nun an von kleinen neckischen Hilfsmitteln die Finger lasse. Ich habe es ihm versprochen – mit gekreuzten Fingern hinter meinem Rücken!

Ich konnte ihm nicht sagen, dass ich unser Zuhause rundherum mit Tonkabohnen geschützt habe und dass ich die guten Geister des Universums gebeten habe, das Böse von unserem Haus fernzuhalten. Auch dass ich die Tiergöttin Birgit um Schutz für unsere lieben Vierbeiner bat, indem ich ihnen Kuschelkissen nähte, deren Inhalt getrocknete Holunderblüten und Kiefernspäne waren, verheimlichte ich ihm. Das alles waren gut gemeinte Geheimnisse nur zu seinem Schutz, die musste und brauchte er nicht wissen.

Denn die Mondgöttin Luna flüsterte mir einst zu: „Willkommen, kleine Mondkünstlerin, als Empfängerin von kosmischer Energie bist du eine Mittlerin zum Weitergeben und Umsetzen. Tue Gutes! Säubere deine Kanäle, um eine klare Verbindung zwischen himmlischer Eingebung und irdischen Taten herzustellen. Du hast den Sinn des Lebens gefunden. Und nun hilf denen, die wie Süchtige vergessen haben, was sie suchen."

Denn wer einmal eine Hexe ist, wird auch immer eine bleiben …

„Es ist wunderbar, dass alle geistigen Genüsse durch Mitteilungen vermehrt werden. … Geben und reicher werden durch geben."

Karoline von Gründerode

Quellenverzeichnis

1. *Das Deutsche Wörterbuch*
2. *Das Geheimnis der Schwarzen und Weißen Magie von Ulrike Müller Kasper, Verlag Tosa*
3. *www. Sprüche.de*
4. *Weisheiten großer Frauen, Verlag arsEdition*
5. *Google*
6. *Wikipedia*
7. *lustige Frauenabende*

Die Autorin

Die geborene Helmstedterin verfasste bereits in ihrer Kindheit Geschichten, die sie Freunden eifrig vorlas.

In den letzten Jahren entdeckte sie ihre Leidenschaft zur Literatur neu und ließ sie zuerst in der Lyrik aufleben. Sie fand Anklang in der Brentano-Gesellschaft, die einige Werke in der Frankfurter Bibliothek veröffentlichte.

2007 war die Autorin mit einem ihrer Gedichte „Evas Erbe" unter den Besten. In ihren Büchern „Nur eine Feder" und „Des Teufels Adjutant" stellte sie ihr dichterisches Talent unter Beweis.

Als Redakteurin einer Lokalzeitschrift veröffentlichte sie Kurzgeschichten über Alltägliches im Leben einer Frau. Diese Miniaturen wurden später in den Büchern „Echte Frauenpower und Krötenfuß und Spinnenbein"

(2011) verlegt. Danach kam „Gestatten, Mrs. Bitch"
(2012). Diese Bücher werden zurzeit überarbeitet und
erscheinen bis Dezember 2015 in einer neuen Auflage.

Auf ihren Lesungen begeisterte die Autorin Ellie Engel
die Kinder der Umgebung mit alten russischen Mär-
chen, bis sie selbst von den Hexen-Geschichten so an-
getan war, dass sie mit Leidenschaft ihrer Fantasie zu
der Geschichte „Lisa und das magische Hexeneinmaleins" (2012) freien Lauf ließ. Diese Geschichte wurde
runderneuert und ist mit neuem Cover und neuem Titel
„Lisa im Bann des Hexeneinmaleins" bereits seit Sep-
tember 2015 abermals im Handel erhältlich. „Lisa und
das magische Schwert" folgte im Jahr 2013, das sie erst-
mals selbst verlegte. In Arbeit ist das letzte Buch der
Trilogie „Lisa und das magische Buch der Schatten"
(Dezember 2015).

Rabrax vom Lilarabenstein erschien 2014. Die Geschichten von Rabrax sind beliebt. Seit Herausgabe ist er in einigen Grundschulen Thema im Ethikunterricht und in
vielen Kinderzimmern wird Rabrax als Gutenachtge-
schichte vorgelesen.

Als neuestes Projekt entstehen derzeit einzelne abge-
schlossene Geschichten für Kinder über den Raben
Rabrax, der mit der Hexe Rabia auf dem Brocken
wohnt und viele Abenteuer erlebt, aber auch mit lehr-
reichen Geschichten viel Wissenswertes erfährt.